자운영 꽃밭에서 나는 울었네

공선옥 산문집

창비

자운영 꽃밭에서 나는 울었네

초판 1쇄 발행/2000년 6월 10일
초판 15쇄 발행/2018년 6월 5일

지은이/공선옥
펴낸이/강일우
편집/김성은 공병훈 염종선
펴낸곳/(주)창비
등록/1986년 8월 5일 제85호
주소/10881 경기도 파주시 회동길 184
전화/031-955-3333
팩시밀리/영업 031-955-3399 · 편집 031-955-3400
홈페이지/www.changbi.com
전자우편/lit@changbi.com
표지 디자인/(주)끄레 어소시에이츠

자운영 꽃밭에서 나는 울었네

책머리에

그들은 천하태평이랄지 만석꾼이랄지 부자논이라는 글자가 앞머리에 새겨진 모자를 쓰고 있다. 모자만 보면 그들을 농부로 착각할 수도 있겠지만, 또 그들이 입은 옷 모양이나 신발을 보면 모내기를 하는 사람들처럼 보이기도 하겠지만 그들의 몸에서 나는 냄새는 그들이 농부가 아닌 어부임을, 혹은 어로에 종사하는 사람들임을 확연하게 느낄 수 있게 한다. 생선 비린내가 그들의 몸에서 떠나지 않고 나기 때문이다.

한밤중에 시작해서 새벽까지 잡아온 고기를 손질하거나 경매하고 나서 이제 그들은 잠시 휴식을 취하며 앉아 있다. 어디서 가져다놓은 것인지 속이 다 해져나오고 비닐이 찢겨진 소파 위에 앉아 동터오는 먼 바다를 바라보며 한마디의 말도 없이 긴 노동의 뒤에 오는 피로를 남루하기 이를 데 없는 소파에 기대고 있는 것이다. 그리고 그들 중 한사람이 어디선가 가져온 키조개 몇마리를 또 누군가가 일어논 화톳불에 구워먹고 있다. 그리고 소주가 거기에 곁들여진다. 소주 두어 병 가지고는 양이 좀 모자랄 듯싶지만 그리고 잔도 없이 들이켜는 소주이지만 이 새벽, 저 맑은 소주는 저 일하는 사람들에게 더할 나위 없이 달콤한 음료수가 되고 있음에 틀림없다.

나는 지금 바닷가에 산다. 바로 얼마 전까지만 해도 산 냄새, 이슬 냄새, 흙 냄새, 거름 냄새 자욱한 고장에 살다가, 바다 냄새와 바다에 떠다니는 배들의 엔진에서 나는 디젤기름 냄새, 생선 냄새, 물비린내 가득한 항구로 이사온 지 석달째다. 이곳의 모든 풍경이 내게는 낯설다. 산촌이나 농촌의 집들이 주로 아늑한 골짜기나 분지에 자리잡고 있다면 어촌이나 항구의 집들은 주로 산 위로 기어오르는 형상을 하고 있다. 따개비들처럼 다닥다닥 산 위로, '몬당' 위로 기어오르는 집들. 집들의 지붕 위로 감나무가 드리워진 풍경에 익숙했던 내 눈에 색색의 물탱크들이 보인다. 바닷가는 확실히 물이 귀한 고장이긴 한 모양이다.

글을 묶어놓고 보니 아득한 꿈결 같다. 산과 논과 밭 속에 파묻힌 곡성에서의 생활들이 글 속에 녹아들어 있다. 그곳에서의 생활들이 꿈결 같다. 꿈결 같은 그곳에서의 생활을 접고 이제 나는 먼 바닷가에 새로운 둥지를 틀었다. 한 고장에 오래 뿌리내리고 살고 싶었던 내 오랜 소망은 여태까지 이루어지지 않고 있는 셈이다. 내 맘대로, 내 의지대로 되지 않는 삶을 원망하자면 한정없고 부질없는 짓일 터이기에 나는 이제 낯선 고장에서의 새로운 둥지 틀기에 나름대로 애를 쓸 작정이다. 그곳이나 이곳이나 사느라고 애쓰는 사람들 모습은 똑같지 않은가. 더군다나 새끼 거느린 어미일진대, 두말해 무엇하랴. 어부들이 밤새 잡아온 고기를 새벽시장에 나가 싼값에 몇마리 구해왔다. 돈도 안 받고 그냥 주려는 걸 굳이 돈 천원 주고 왔다. 아이들 입에 구수한 고깃국물 들어갈 걸 생각하니 고기 손질하는 손에 저절로 힘이 들어간다. 새벽시장에 일하러 나온 저 사람들도 다들 새끼 키우는 사람들일 것이다.

못난 글 추려서 예쁘게 책으로 만들어준 창비 사람들, 특히 공병훈씨의 노고에 대해서는 감사하다는 말도 차마 다 하지 못하겠다.

2000년 오월에

공 선 옥

차례

아늑하고 따스한 곳, 작고 초라해도 흙이 있고 푸른 나무가 일렁이는 곳,

이곳에 핀 꽃들은 주로 곧 열매로 맺어질 곡식의 꽃이지요. 하얀 참깨꽃은 종을 닮았습니다.

바람이 불면 무수한 작은 은종들이 일제히 달랑거립니다.

보라색의 팥꽃은 둥근 잎사귀 속에 수줍습니다.

오이꽃, 호박꽃, 참외꽃도 한창입니다. 내가 심어놓은 그것들이 일제히 꽃을 피워내는 것에

나는 또한 하염없이 감동스럽기만 하지요.

1 ▶
푸른 것들에의 꿈

태안사 가는 길에서

태안사 가는 길은 참 좋습니다. 그림처럼 예쁜 보성강이 옆에 흐르고 있기 때문이지요. 강은 늘 보아도 신비롭습니다. 저렇게 예쁜 물이 어디서 생겨나 어디까지 그리고 언제까지 흘러가는 것일까요. 물을 보면 사람 마음이 왜 그렇게 맑아지는지요. 흐르는 물을 보면 시끄럽고 시끄러웠던 마음이, 엉킨 실타래 같았던 가슴이 고요하고 또 고요해집니다. 태안사 가는 길에 물이, 보성강 물이 있습니다. 그 물길이 끝나는 지점이 태안사 들어가는 입구지요. 아닙니다, 물길은 끝나지 않고 다만 태안사 들어가는 입구가 그 물길의 중간에 나 있을 따름이지요. 물길이 끝났다고 슬퍼할 필요는 없습니다, 곧이어 숲이, 숲길이 시작될 테니까요,

여름숲도 좋지만 겨울숲은 또 나름대로 외로워서 좋습니다. 높아서 좋습니다. 야위어서 좋습니다. 여름숲의 부성함, 풍성함, 윤택함에 한동안 외로움을 잊고 살았습니다. 외롭지 않을 때는 외롭지 않아서 좋

았고 외로울 때는 또 외로워서 좋습니다. 올해는 유난히 눈이 안 내리는 겨울입니다. 높고 푸른 하늘이 외로운 나무 끝에 펼쳐져 있습니다. 새들이 야윈 나뭇가지 사이로 포롱포롱 날아다니는군요. 가슴은 더욱 텅 비어갑니다. 텅 빈 가슴에 겨울 산사의 풍경 소리만이 가득 차오릅니다. 절마당 한켠에 사시사철 쉼없이 흘러나오는 샘물이 있습니다. 그 물 한 바가지를 들이켜면서 하늘을 봅니다. 까닭 모를 눈물이 나왔기 때문이지요.

속세의 사람 눈에 절 사람들은 사뭇 고요하고 엄숙해 보입니다. 적요한 절 마당을 노스님이 천천히 가로질러 갑니다. 감히 말을 붙여볼 엄두가 나지 않습니다. 젊은 스님은 입을 꽉 다물고 소리도 없이 재빠르게 절 담을 돌아가고 있습니다. 눈빛도 마주치지 못할 찰나인 것 같습니다. 절 뒤쪽에, 들어오지 마시오,라는 팻말이 붙어 있는 곳으로 불경스럽게도 다가갔습니다.

거기에서 그 노인을 보았습니다. 노인은 절 부엌에서 나오는 음식을 고양이에게 먹이고 있었습니다. 내가 빙긋 웃자 노인의 얼굴이 한순간 붉어졌습니다. 노인은 소년의 얼굴을 가졌더군요. 아닙니다. 아기의 얼굴이었습니다. 절 사람들이 다 싫어하는 도둑고양이를 아기 얼굴을 가진 태안사 불목하니 그 노인이 혼자 숨어서 돌보고 있었습니다. 사람들이 많이 모여 있으면 다람쥐처럼 어딘가로 숨어버리는 그를 보러 나는 태안사에 가곤 합니다. 고양이, 해탈이는 잘 크고 있는지도 궁금하고요. 절 사람들은 노인을 이처사라고 불렀습니다. 내가 그를 보면 바짝 반가워하는데도 그는 반가운 내색을 할 줄 모릅니다. 내가 그와 헤어지는 게 못내 섭섭해 작별인사가 길어지는데도 그는 그저 가라고 손짓 한번 해주고 그만입니다. 그것이 처음에는 굉장히 서운했는데 이제 그조차 익숙해졌습니다.

태안사 가는 길은 참 좋습니다. 물이 있고 곧이어 숲이 있고 해탈이가 있고 다람쥐보다 더 빠르게 달릴 줄 아는 그가 있기 때문입니다. 나는 그와 어떤 특별한 말을 주고받은 적도 없습니다. 그래도 그는 나에게 커다란 위로가 됩니다. 그는 내 속의 부처가 되었습니다. 그는 아마 그것도 모를 테지요. 자신이 누군가의 마음속에 들어가 커다란 위로가 되고 부처가 되었다는 사실을. 나 또한 누군가의 가슴속에 들어가 위로가 되고 부처가 될 수는 없을까요. 좀더 가난해지고 좀더 외로워지면 그럴 수 있을는지요. 하기사 태안사의 그는 가난과 외로움조차도 스스로 느끼지 않는 그저 '그'일 따름이었습니다. 가난과 외로움조차도 때로는 거추장스런 장신구일 수도 있겠습니다.

마당 있는 집

이러저러한 생각으로 잠들지 못하는 밤이다.

요새, 집 공사를 하는 중이다. 보성강변을 따라 석곡이라는 곳이 있는데, 그곳 석곡면 죽산리에 헌집을 하나 구했다. 이곳 하한리 하한분교를 계속 임대할 형편이 못되었기 때문에 들어가 살 헌집을 고치느라 인부들을 네댓 부렸다.

집 짓는 일도 아니고 집 고치는 일인데도 인부 부리기가 만만치 않았다. 맨 먼저 집을 맡아서 고쳐줄 사람을 구하는 데도 애를 먹었다. 견적이나 뽑아보자고 서너 군데다가 보여봤더니 집주인이 그쪽 방면으로는 전혀 문외한인지라 돈이 그 정도 들어간다 하면 그런갑다, 할 뿐 뭐라고 말발을 세우지 못했다. 도대체 업자가 지금 터무니없는 가격을 부르고 있는지, 아니면 업자 말마따나 자기 딴에는 저렴하게 부른 값인지 가늠이 되지를 않는 거였다.

건설업이라는 것이 계약가격이 낮으면 낮을수록, 공사기간이 짧으면 짧을수록 부실공사가 되기 쉽다는 사실 정도는 알고 있었기에, 업자가 부른 가격이면 우리가 손해는 보지 않을 정도인지 어쩐지 알 수가 없어 공사를 보류시켜놨다가 마침 농민운동 한다고 일찍부터 구례에 내려와 살고 있는 친구 부부의 소개로 요새도 저런 사람이 있는가, 싶을 정도로 정직하고 착한 사람을 만나 드디어 집 공사를 시작했다.

이녁 손으로 이것저것 할 수 있는 재주를 가진 사람이 새삼스럽게 부러웠다. 도대체 사변만 많지 나무기둥 하나, 벽돌 한장 제대로 쌓을 줄 모르는 자신이 원망스러웠다. 마음은 한없이 착해서 주인이 요구하는 대로, 그러믄요 그러믄요 할 수 있고말고요, 하는 십장 최씨였지만, 어쩐지 연변 조선족 동포만큼이나 순박하고 고지식하여 어느 순간 주인이 미처 지시를 하지 못하면 일을 자기 맘대로 해놓아버리기 일쑤였다.

담장을 잇는 돌을 좀 멋지게 쌓을 심산으로 땅을 골라놓았더니 그곳에 시멘트 블록 담장을 자기 딴에는 공들여 쌓아놓고 씨익 웃는가 하면, 서른여섯 나이에 스물여섯 큰아기한테 장가를 들어 곧 있으면 첫아기를 낳게 되는데, 일하다가 집으로 전화를 걸어 아내가 받지 않으면 그 길로 일을 중단하고 집으로 달려가버리고는 하였다.

그래도 내 집 일을 해주는 인부들 대접은 해야겠기에 점심은 못해줘도 새참으로 닭죽이며 호박죽이며 고구마 라면 같은 것들을 끓여서 등허리에 아기를 대롱대롱 매달고서 갖다 날랐다. 이제 조금 있으면 그놈이 보행기 타고 마음껏 쭉쭉 밀고 다녀도 되는 집이 생기는데 싶어 나는 하나도 힘든 줄을 모르겠다.

이번 일은 집을 짓는다는 것, 가족을 거느린다는 것, 그런 것들을 새삼스럽게 다시 생각해보는 기회이기도 했다. 마당 있는 집을 늘 머릿속에 그리고만 살다가 진짜 마당집이 생기는 것이다. 그랬다. 크림색의 황토가 판판히 다져져서 비가 와도 반들반들한 마당이 늘 아련한 꿈으로 자리잡고 있었다. 이제 영영 마당 있는 집에는 발 한번 디뎌보지 못하고 사각의 콘크리트 안에서 바퀴벌레처럼 살다가 생을 마치게 되리라는 생각에 서글펐다.

어떤 마당을 꿈꾸었느냐, 하면 내 머릿속의 마당은 늘 옛날 집 마당이었다. 옛날 내가 살았던, 내 아버지 어머니가 살았고, 내 할머니 할아버지가 살았던 집의 마당, 그 마당의 풍경이 못 견디게 그리웠다. 하루 종일 아파트 좁은 실내에서 진공청소기를 밀고 다니며 내 다시 한번만이라도 커다란 싸리비로 판판한 내 집 마당을 시원스레 쓸어봤으면 원이 없겠다 싶었다. 싸리빗자루 태가 난 깨끗한 마당 한가운데에다 칸을 그려 밀기도 하고 깨금질도 하던 어린 시절로 내가 다시 돌아갈 수는 없다 해도, 내 아이들에게 그런 마당 체험이 없게 되어버린 것이 못내 원통하기까지 했다.

마당이 없어지면 아이들이 놀 장소가 없어지고, 놀 장소가 없어지면 아이들은 넘쳐나는 에너지를 쓸 줄 모르고 방황하게 된다. 마당 없는 폐해가 어디 그뿐인가. 타작마당이라는 말도 있듯이 마당은 놀이의 장소임과 아울러 일의 장소이기도 한 것을. 말하자면 마당은 동시에 일과 놀이의 장이 되는 것이다. 타작마당이 있으면 잔치마당도 있는 법이니까.

집은 오막살이여도 마당만은 네모 반듯하여 아무리 가난한 집이라

해도 온 동네 사람 다 불러모아 잔치를 치를 만큼은 되고도 남아 텃밭까지 거느리고 살았다. 차일이 쳐진 마당 한켠에 솥을 걸고 지지고 볶는 잔치마당이라니. 그 훈훈함, 그 설렘을 내 아이들이 상상이나 할 수 있을 것인가. 잔치라면 늘 국적 불명의 요란한 뷔페 상을 떠올리진 않을 것인지.

누가 날 보면 당신 참 이상한 여자라고 흉을 볼지는 모르겠지만, 어쨌든 나는 내 아이들 공부를 어떻게 시킬 것인가, 내 아이들에게 어떤 옷을 입힐 것인가, 하는 생각은 한번도 해보지 않았다. 대신 늘 이런 생각을 한다. 집을 고치는 요새 하는 생각들이라고나 할까. 그전에도 물론 이런 종류의 생각에서 크게 벗어나진 않았지만 말이다.

깊은 가을 아침, 눈을 떴을 때 창호지문 밖에서 나는 그 깊은 가을 냄새를 어떻게 하면 내 아이들도 느끼게 할 수 있을까. 그 가을 냄새를 내 아이들에게 선물처럼 주고 싶은데. 가을 냄새란, 하얀 서리 냄새다. 사그라진 국화꽃이 땅에 떨어져내려 썩어가는 냄새다. 노랑, 하양, 보랏빛의 국화 꽃잎들이 썩어 붉은 흙이 되어가는 냄새다. 크림색의 반들반들한 마당에 엷게 덮인 서리의 싸한 냄새와 감촉과 감각을 내 아이들이 그들 영혼의 깊은 곳에 저장시켜놓았다가, 그들이 성장하는 마디마디에 그 감촉들과 냄새들과 감각들을 거름으로 삼아주면 얼마나 좋을까 하는 생각으로 집을 고치며, 아기를 들쳐업고 인부들 새참을 머리에 여 나르며 하고 있는 것이다.

그런 생각밖에 할 줄 모르는 어미라 아기들을 그 흔한 속셈학원, 피아노학원에 보내지 않고도 태평하기 그지없다.

전국민의 80퍼센트가 도시인이라 한다. 도시인의 많은 수가, 정확하진 않지만 절반에 가까운 수가 마당 없는 집에 살고 있을 것이다. 집은 있어도 마당이 없는 사람, 집이 없어서 마당 또한 없는 사람, 마당이라기보다는 정원이라 이름해야 옳을 드넓은 마당을 지닌 사람도 있을 것이다. 마당이 없는 것도 슬픈 일이지만 마당이라 하기엔 너무 넓은 정원을 가진 사람도 그 영혼에 마당 없기는 마찬가지다. 아니 오히려 드넓은 정원을 가진 사람이야말로 그 영혼의 마당은 단 한뼘도 존재하지 않기가 쉬운 법이다.

삶이 가난한 사람은 마음속의 작은 마당을 꿈꿀 수라도 있지만 이미 드넓은 정원을 가진 사람은 그토록 작고 정겨운 마당이란 상상하지도 못할 테니까. 가난한 사람은 부자가 될 수 있어도 한번 부자였던 사람이 가난을 받아들이기는 쉽지 않은 것이다. 그의 마음이 물질이라는 마약에 이미 깊이 중독되어 있기에.

집을 고치는 단순하고 거친 노동을 하면서 정신은 오히려 심오해지고 무변광대해지는 상쾌한 경험을 했다. 텃밭의 돌을 골라내면서, 땀이 등허리뿐 아니라 머리카락 속에서도 후끈후끈 솟아나는데도 나는 꼭 무엇에 홀린 사람처럼 돌 골라내는 작업을 멈출 수가 없었다. 그러느라고 손바닥이 갈라져 피가 나는 줄도 몰랐다.

어미 등에서 낑낑대는 아기를 볕이 드는 땅바닥에 자리를 펴고 뉘어놓는다. 햇빛이 얼굴을 간질이는지 눈을 질끈 감고 재채기를 한다. 하품을 크게 한번 해서 이제 잠 좀 자려나 했더니 갑자기 자지러지게 운다. 하는 수 없이 피나는 손을 쓱쓱 문질러 닦고 옷을 올려 젖을 물린다. 하염없이 젖을 빨다가 살포시 잠드는 어린것을 내려다보며, 산

다는 것을 이 세상에 새끼를 낳고 기르며 산다는 것을 또 생각해보게
된다.

내가 아직 미혼이던 시절에는 가족이라든가 가정의 의미를 생각해
보지 않았고, 소중하다는 느낌도 없이 살았다. 결혼을 하고 아이를 낳
고 살면서도 아직 젊은 어미의 영혼은 중심을 향하기보다는 주변으
로, 주변으로 흔들리는 시선을 보내고는 하였다. 그러던 것이, 어느
순간 가족이야말로 내 영혼의 중심이요, 거대한 산맥이요, 도도한 강
물임을 깨달았다.

가는 곳이 어디인 줄도 모르고 그저 제 부모가 이끄는 대로 따라 들
어와준 내 아이들의 잠든 모습을 물끄러미 바라보다 문풍지를 울리는
바람 소리에 필을 놓고 스웨터를 껴입는다. 워낙 크지 않는 품종인 줄
모르고 하도 싸서 수놈하고 암놈하고 두 마리의 강아지를 사다 길렀
는데, 암놈이 새끼를 뱄다. 내 눈에는 아직도 강아지인 그놈 배가 빵빵
하게 불러오고 젖꼭지가 나오고 하는 것에 이상하게 내가 서러워졌다.
저렇게 매운 바람이 부는데 낑낑대는 소리가 나는 걸 보니 저희들도
추운가보다. 거적이라도 덮어주고 와야지.

생명을 생산해낸다는 것, 어머니가 된다는 것, 가족을 거느리게 되
었다는 것은 짐승에게나 인간에게나 아득하고 서럽지 않을 수 없는
일이다. 오누이에서 이제 부부가 된 강아지 두 놈이 오그리고 있다가
내가 나가자 혹시 먹을 것인가 싶어선지 벌떡 일어나 목숨 달린 것들
의 본능으로 코를 벌름거린다. 거적만 덮어주고 돌아서기가 마음에
걸려서 부엌에 들어가 저녁에 먹다 남은 식은 밥 한조각을 던져준다.

식은 밥 한조각이라도 새끼 밴 암놈이 더 많이 먹었으면 하는 마음에 그쪽으로 밀어놓아준다.

초생달이 차가운 밤하늘에 조각배처럼 떠 있고 그 주변에 잔별들이 오들거린다. 내 젊은 영혼이 방황할 적에, 어미의 영혼이 집밖을 떠돌아다닐 적에 내 아이들은 늘 저 별처럼 오들거리며 어미의 귀가를 기다렸을 것이다.

십장 최씨의 스물여섯 아내가 아이를 낳는 날이다.

아이 낳을 날은 하루하루 다가오는데 그들 부부는 그들이 살던 구례 산동을 떠나 광주에 달셋방을 구해 살고 있었다. 형님 밑에서 일을 했는데 일한 만큼의 돈을 받지 못해, 아기는 곧 태어나게 생겼고, 돈은 없어서 광주에서 날품이라도 팔려고 나갔다는 것이다. 흰눈이 희끗희끗 내리고 매운 바람이 획획 몰아치는 날, 공사를 하다 중단된 집이 걱정되어 건너가봤더니 십장 최씨가 혼자 일을 하고 있다. "오늘 인부들은 안 왔나요?" 물으니까, "아줌마 한 사람 왔어요" 한다. 세상에, 이 추위에 무슨 일을 하겠다고 아줌마 인부를 사왔는가 싶어서 뒤안으로 돌아가보니 배가 남산만하게 부른 젊은 새댁이 산바람에 뺨이 시퍼렇게 얼어가지고 쓰레기를 줍고 있다. "뭐 하러 그런 걸 줍고 있어요" 했더니, "포크레인이 들어온다매요? 이런 것 주워서 태워버리려구요" 한다.

배부른 사람을 어디 앉을 자리도 없는 데다 갖다놓으면 어떡하느냐고 했더니, 예의 순박하기 그지없는 웃음으로, "아, 움적여쌓아 애를 잘 낳는다매요?" 한다. 어제까지 부리던 인부들이 모두 철수하고 최씨 혼자 남았는데, 혼자 일하는 그곳으로 아내를 데려다놓은 무지하지만 애틋한 사내의 애정에 눈물부터 핑 돈다.

우리집 일이 끝나면 살림도구라고는 하나도 없고 온돌 장치라야 전기장판이 다인 달셋방으로 그들은 돌아가야 한다고 했다. 그것도 그들 부부가 한 소리가 아니라 친구가 전해준 말이다. 아기 낳고 당분간 우리집에 좀 있으면 안되겠느냐고 조심스레 물어봤더니, 대뜸 "누가 집이 없어 이러간디요?" 한다.

그리고 한다는 말이 일년이면 350일은 일을 하는데 밥이야 농사지은 게 있어서 먹고살지만 전기세 걱정을 다 하며 살고 있으니, 뭣인가가 단단히 잘못된 것 아니냐고, 구례 산동에 번듯한 집이 있어도 가지 않는 것은 무엇이 잘못됐는지 자신이나 돈을 주지 않는 형님이나 연구의 시간을 좀 갖기 위해서 그러는 것이니 같이 살자는 소리 같은 건 하지를 마시오, 하는 것이었다.

이제 곧 태어날 십장 최충율씨의 아기에게 축복 있으라, 별을 보며 빌어본다. 생명 지닌 모든 것들에게도.

시골살이의 참맛

산골로 이사 와서 처음에는 틈만 나면 광주 나갈 연구만 했었다. 아무리 산골이 좋다지만 도시에서 누리던 많은 '좋은 것들'과의 급작스런 단절은 나를 몹시 곤혹스럽게 만들었다. 말하자면 나는 아직 '도시 중독증'에서 완전히 벗어나지 못하고 있었던 것이다. 광주에 못 나가면 가까운 구례에라도 나가봐야 산골생활에서 오는 답답증을 견뎌낼 수 있을 것 같았다. 시골이 좋다는 건 당장 온갖 공해에 시달리는 도시에서의 생각이었지, 막상 시골생활을 해보니 불편한 생활이 주는 고통으로 인해 다시 도시를 그리워하게 되는 것이다.

시골에서 태어나 시골에서 자라다 나이를 먹고 도시로 나가게 되었을 때, 나는 도시의 현란함에 마음을 못 붙이고 참으로 외로웠다. 그때는 또 두고 온 고향집의 온갖 '좋은 것들'만 그리워하며 낯선 도시 생활을 견뎌냈다. 그러던 내가 도시생활 15년 만에 완전히 15년 전과 반대되는 상황을 겪고 있는 거였다.

도시에서는 도시 특유의 현란함 때문에 외롭지만, 시골에서는 또 시골 특유의 적막감 때문에 외롭다. 다만 차이가 있다면 수많은 사람들이 밀려오고 밀려가지만, 누구 하나 붙잡고 얘기 나눌 사람 없는 도시에서의 외로움이 적막감 때문에 오는 시골에서의 외로움에 비해 훨씬 악성이라는 점이다. 외로움을 덜어보고자 사람들을 만나건만 겉도는 만남은 또다른 외로움을 낳는다. 그렇다는 걸 뻔히 알고는 있지만 도시에서의 습성을 버리지 못해 도시에 있는 지인들에게 전화를 걸고 약속을 하고, 그러고는 도시 가는 차를 타고는 했다.

　사람들을 만나면 누구나 으레껏 '시골 사는 재미'를 물어왔고, 나는 적어도 그들이 보는 앞에서는 신이 나서 시골살이의 즐거움을 과장되게 늘어놓고는 했다. 그들이 도시에 대한 험담을 늘어놓을 때는 어깨가 으쓱 올라가기도 했다. 어깨까지 으쓱하는 마당에 '당신들이 도시에 살고 있기 때문에 도시에 대한 험담을 늘어놓을 수도 있는 거'라는 말은 차마 하지 못했다. 도시에 살고 있기 때문에 시골을 그리워하지 시골에 살면 또 하염없이 도시를 동경하게 된다는 것을 나는 경험으로 알고 있다.

　시골살이의 고통이란 무엇인가. 첫번째가 일상생활의 불편함이다. 사람이 살 수 있는 첫째 조건은 물이다. 영화 「마농의 샘」에서처럼 식수 문제가 해결되지 않으면, 그곳이 아무리 경치 좋은 곳이라 하더라도 사람이 살 수는 없는 것이다. 생존의 가장 기본이 되는 물을 확보하는 것은 그래서 시골살이에서 가장 중요한 첫번째 일이다. 도시에서는 일상생활의 많은 부분을 개인이 아닌 관청에서, 혹은 돈이 해결

해주지만, 시골에서는 순전히 개인이나 가족이 그 모든 일들을 처리해야만 한다. 땅과 식수가 확보되면 그곳에 집을 지어도 된다.

일상생활에서의 고통 중에 빼놓을 수 없는 것이 오물처리 문제이다. 도시생활에 흠뻑 젖어 있는 사람의 생활패턴이란 것이 순전히 '소비' 그 자체가 되어놔서, 소비의 뒤에 필연적으로 나오게 되어 있는 쓰레기들을 처리하는 문제가 보통 머리 아픈 일이 아닐 수 없다.

전통적인 농가의 생활이란 소비가 아닌 생산의 한 부분이 될 수가 있었다. 사람이 먹는 모든 음식은 곧 집짐승들의 먹이가 되었고 사람이 쓰는 모든 물건은 그냥 버려지는 일 없이 자체 재활용되었다. 도시에서는 좁은 집안에 두면 무조건 쓰레기로 분류될 수 있는 것들도 시골에서는 훌륭한 살림살이가 될 수가 있는 거였다.

살림하는 주부들의 성향이 지저분한 것을 싫어하는데다 도시에서의 살림이란 '뭔가를 버리고 뭔가를 사는 일'처럼 되어 있어서, 나 또한 고장난 시계라든가 어긋난 책상 같은 것들은 가차없이 버리고는 했다. 나는 그러한데 남편은 나와 반대로 음식 남기는 것이라든가 물건 버리는 것을 극도로 싫어하는데다가 한술 더 떠서 남이 관청에 돈까지 줘가며 버린 쓰레기들을 집안에 들여오고는 했다.

그래서 우리집에는 동사무소의 노란 '폐기물 딱지'가 붙은 책상과 책꽂이와 심지어는 이불까지 쟁여졌다. 그것들을 시골에까지 끌고 왔더니 요긴하게 쓸 수는 있었다. 두꺼운 솜이불은 수도 모터 동파 방지용으로 쓰고, 책상은 분질러서 아궁이 땔감으로 썼던 것이다. 그러나 이렇게 쓸 수 있는 쓰레기는 그리 많지 않았고 농가가 아닌 우리집에서는 시골에 산다 해도 도시생활을 할 때와 거의 비슷한 종류의 쓰레기들이 배출되었다.

그런데 관에서 나온 분리수거용 쓰레기봉투를 사용하는 집은 마을에서 우리집뿐이었다. 다른 사람들은 아무것에나 싸서 버리느냐, 하면 그것이 아니었다. 아예 쓰레기가 나오지를 않으니 비닐봉투를 살 필요가 없는 거였다. 쓰레기봉투 차곡차곡 쟁여서 쓰레기차 오는 날에 맞추어 동구 밖에다 알뜰히도 내놓는 내 손이 부끄러웠다. 부끄러워하면서 쓰레기를 내놓아야 하는 생활이 불편하기 짝이 없었다. 아무 거리낌없이 버리고 살았던 도시생활의 편안함이 자꾸만 나를 유혹했다. 이러저러한 시골살이의 고통이라고 할까, 불편함들이 서러움으로 쌓여 도시 나들이가 잦게 되었다.

시골 사람들의 얼굴을 순토종의 얼굴, 진짜 조선족의 얼굴이라고 찬미하다가도 호기심이 잔뜩 들어찬 눈동자로 뭔가를 기대하고 있는 듯한 그 얼굴들이 견딜 수 없이 싫어지는 것이었다. 생일상만 차려도 밥을 먹으러 오라는 방송이 나오고, 뉘 집에 개만 잡아도 온 동네 잔치를 벌이는 시골 사람들의 공동체적 생활에 대해 처음에는 머리로 배운 대로 참 좋은 거라고 생각했었다. 하지만 사실 오라는 대로 꼬박꼬박 가기도 보통 고역이 아니었다.

인심도 지나치면 베푸는 쪽이나 받는 쪽이나 부담스럽고 귀찮아지기도 하는 법이다. 마을 길에서 한 번 만난 사람을 두 번 세 번, 만날 때마다 인사를 해야 하는 것도 고역이었다. 동구 밖에서 가게를 하는 여인은 어찌나 인사성이 밝은지 하루에 열 번을 만나도 열 번 다 그쪽에서 인사를 챙겨오니 내 쪽에서는 그냥 받기만 하고 스쳐 지나가면 그만인데, 마을 길에서 만난 어른한테 아까는 안녕하세요, 했는데 이번에는 또 무슨 인사말을 해야 하나, 하고 여간 고민이 되는 게 아니었다.

시골에 살아도 농사를 짓지 않으니 농민들과 나눌 만한 화젯거리도 없고, 이런저런 이유로 어디서 밥 먹으러 오라고 해도 선뜻 가기가 쉽지 않다. 막상 가면 밥 먹어주는 것이 일이긴 하지만, 밥만 먹고 벌떡 일어서도 좋은 것인지, 그 양반들처럼 세월이야, 네월이야, 권커니, 잣거니, 니 잔 한잔 내 잔 한잔 하고 앉아 있어야만 하는 것인지, 영 판단이 서질 않아 썩 가고 싶지가 않은 것이다.

시골분들은 일단 사람이 들어오는 걸 환영하고, 들어온 사람이 자신들과 스스럼없이 어울리는 것을 좋아하고 고마워한다. 방송으로 몇 번을 오라고 하다가 그래도 안 오니 일부러 데리러 왔다. 가면 또 황송스런 환대를 한다. 막상 가면 좋긴 좋은데 그렇게 쉽게 가지지를 않는 거였다.

눈이 많이 온 날은 어김없이 아직 날도 밝지 않은 새벽에 방송이 울린다. 말하자면 부역(이곳에서는 마을 공동작업인 울력을 부역이라고도 한다)을 나오라는 방송이다.

"아침 일찍 죄송합니다. 아침에 눈이 와서 마당재의 눈을 제거하고자 하오니 도구들을 가지고 나와주시기 바랍니다."

버스가 들어올 수 있도록 마당재라는 산등성이 길의 눈을 제거해야 한다는 것이다. 잔칫상 차려놓고 나오라고 할 때는 그래도 맛있는 음식에 대한 기대도 있어서 부역 나오라는 소리보다는 나은 편인 셈이다.

시골분들은 평생을 노동으로 단련된 분들이니 눈에 묻힌 길을 삽시간에 고속도로로 만들어놓는다. 삼십대인 남편은 평균 연령대가 육십대인 마을 어른들 앞에서 기가 죽는다. 눈 치고 온 날은 하루 종일 끙끙 앓는다. 눈 많이 온 날 아침은 그래서 우리 부부에게는 공포의 아침이 될 수밖에 없는 것이다. 새벽부터 나가 온 동네 사람들이 눈을 치워놨건만 버스는 들어오지 않았다. 워낙 산골이라 읍내 사는 버스 기사가 미리 겁을 내고는 오지 않은 것이다. 그래도 산골 사람들은 그다음 눈 온 날에도 또 새벽같이 나가 눈을 치우고는 했다.

우리집에 놀러 오는 사람들은 대개 도시에 사는 사람들인데 그들은 한결같이 '한번쯤 시간 내서 이런 시골 와서 푹 쉬고 싶다'는 말을 한다. 그러면 우리 부부는 속으로 웃을 수밖에. 우리 부부 시골 사는 자체가 큰 중노동이니, 아예 높은 담 쌓아놓고 그 안에서만 산다면 모를까. 그러나 '시골에 산다'는 건 그것이 아니다. 도시에서야 내 집 바로 옆에 오막살이 판잣집이 있어도 돈 있으면 내 땅에 백설공주 집을 지은들 누가 뭐라 할 사람 없겠지만, 시골에서야 어디 그런가. 방구들 하나만 다시 놓으려 해도 이쪽이 옳네, 저쪽이 옳네 하는 재미로 사는 게 우리네 시골인 것을.

그날도 온 가족이 도시 나들이를 하고 돌아오던 길이었다. 사람들이 그리워서, 혹은 북적이는 사람들 속의 훈훈함이 그리워서, 온갖 휘황한 것들에 대해 기갈증이 나서, 그리고 그냥 눈 속에 갇혀 있는 것이 답답해서. 갈 때는 좋았지만 돌아올 때는 심란했다. 시내 외출도 아

니고 도시 나들이를 하고 온 가족들이 모두 지쳐 있는 상태로 북풍한
설이 몰아치는 산골의 집으로 돌아가야만 하는 아득한 귀가길이었다.

눈이 오면 어떤 차도 올라갈 엄두를 내지 않는 마의 등성이인 마당
재에 다다랐다. 몸이 피곤해서였을 것이다. 아침에 눈을 쳤으니 괜찮
겠지, 하고 스노우 체인을 감지 않고 그냥 올라가려고 시도를 해봤다.
불길했던 예감대로 차는 보기 좋게 미끄러져 내렸다.

우리는 할 수 없이 차에서 내려 걸어갈 수밖에 없었다. 혹한의 겨울
이란 바로 이런 것이로구나, 싶을 정도로 눈으로 얼어붙은 산길은 매
섭게 추웠다. 갓난이가 등에서 낑낑거리고 단잠에서 깨어난 아이들은
칭얼거렸다.

한참을 그렇게 발 아래만 내려다보며 걸어가고 있었다. 그러다가
참 이상타, 왜 이렇게 밝은지, 그것이 이상하다, 한참을 생각하다가 문
득 걸음을 멈추고 하늘을 올려다보았다. 우린 탄성을 지르고 말았다.

달빛이 바로 이런 거였구나, 시골에 들어와 산 지 일년 반이 넘도록
진짜 달빛을 모르고 살다니. 휘황한 불빛? 저 달빛에 비하면 아무것도
아니지.

나는 혹한에도 불구하고 갓난아이에게 씌웠던 벙거지를 벗겨냈다.
아이를 앞으로 보듬어안고 자꾸만 달을 보여줬다. 나도 크게크게 심
호흡했다. 인공의 불빛이란 불빛은 깡그리 사라진 곳에 달만이 휘황
했다. 온 산야가 달의 정기로 가득 차 있었다.

그 밤에 우리집 초롱이가 새끼를 낳았다. 다섯 마리였다. 초롱이에
게 주기 위해 나는 서둘러 우유를 끓였다.

많은 불편한 것들에도 불구하고 내가 시골 사는 이유는…… 그렇

다, 그 모든 불편한 것들 때문에 내가 시골에 살고 있는 거였다. 그리
고 그 모든 시골살이의 불편함이야말로 우리 삶의 진정인 것을.

푸른 것들에의 꿈

길

아는 분의 어려운 주선으로 마련된 일자리를 한달 반 만에 그만두어버리고 '우리가 살 터전'을 찾아나서던 때가 작년, 그러니까 95년 여름이었다.

날은 가물고 무더웠다. 몇번을 주저하다가, 말하자면 자동차가 끼치는 해악에 대해서 너무나 깊이 공감을 하고 있으므로 선뜻 사기를 꺼리던 티코 승용차를 한대 사서 우리는 사방을 헤매고 다니기 시작했다.

사방이라고 해봤자 겨우 내 고향 곡성땅이지만, 어쨌든 티코차로 돌아다녀본 곡성땅은 넓고도 깊었다. 생전에 어디를 돌아다녀보지 못해서인지 내 고향 곡성땅만 해도 처음 가보는 곳, 그래서 낯선 곳이 많았다.

사정이 그러하니 내 어디를, 그러니까 내 나라 어디를 더 돌아다녀 볼 것이며, 비행기 타고 물을 건너 외국 여행을 해볼 수 있을 것인가. 어쩌다 서울 나들이라도 할 일이 생기면 벌써 겁부터 나고 머리가 무거워지면서 고속버스가 장성 갈재만 넘어서도 차멀미 아닌 낯선 곳에 대한 두려움에 가슴 두근거림을 겪게 되는 것이다.

이런 내가 그동안, 근 삼십년하고도 네 해를 사는 동안 어디서 어떻게 살아왔던지를 생각하면 아찔한 순간이 한두 번이 아닌 것이다.

벌써 7년 전 얘기가 되고 말았지만, 둘째아이를 낳아놓고 생계가 막막하여 두 아이를 업고 걸리고 해서 맨주먹으로 상경한 적이 있었다. 극심한 생활고 때문이었던가. 상경을 하는 내 가슴에는 오직 살아야 한다는, 어쨌거나 자식들을 살려내야 한다는 비장한 결심만이 타오르고 있었으므로 고속버스가 장성 갈재를 넘어서고 낯선 지명인 회덕이니 신탄진이니를 지나가도 그다지 두려움이 일지는 않았다.

그리고 공단지대의 슬럼가에 방 한칸을 얻고, 그날로 미싱일을 나갈 때까지만 해도 내 의식 속에는 내가 지금 낯설고 물 선 서울땅에, 눈뜨고 있어도 코 베어 간다는 서울땅에 와 있음을 실감하지 못하다가 어느날, 문득 미싱 바늘에 손이 찔리고 '미끄러운' 서울 말씨의 공장장에게 타박을 듣고 나서 한참을 속으로 울고 나서야, 내가 바로 두렵고 험한 타향에 와 있구나 하고 뼈저리게 실감했다.

그날부터였던가. 미싱을 돌리며, 실밥을 따면서, 공장 안 스피커에서 하루 종일 들려오는 유행 가요들을 무의식적으로 들어넘기며 내 머릿속에서는 하나의 꿈, 하나의 이상향 같은 것이 그려지고 있었다.

그것을 그릴 수 있었기에 나는 낯설고 물 선 서울살이를, 그토록 황막한 타향살이 삼년 여를 견디어낼 수가 있었던 것이다.

그 꿈과 이상향이란 다름아닌 '푸른 것들'에의 꿈이었다. 푸른 것들이 있는 곳, 그곳이 회색 공장지대에서 꿈꾼 이상향이었다. 작은 화분에 누군가가 심어놓은 봉숭아 한 포기가 그렇게 눈물겹고 가슴을 에게 했다. 내 방으로 돌아가는, 풀 한 포기 나지 않는 슬럼가의 골목길에 왜 그다지도 서러웠는지.

딱히 고향을 떠올린 것은 아니었다. 그냥, 아늑하고 따스한 곳, 작고 초라해도 흙이 있고 푸른 나무가 일렁이는 곳을 꿈꾸고 있는 순간만큼은 행복하였다.

길에 대한 이야기를 하려다가 엉뚱하게 푸른 것들에 대한 이야기로 흐르고 말았지만, 작년 여름 지금 내가 사는 하한리로 들어오는 길은 하염없이 산속으로, 산속으로 잦아들어 있었다. 그리고 그 길 양쪽에 넘쳐나는 푸름.

그 푸른 길이 다다른 곳에, 그 우묵하고 아늑한 곳에 토담집 하나 짓고 방에는 절방같이 아무것도 들이지 않고 살리라 했다. 길은 마을을 하나 지나고도 끝 모르게 이어지고 있었다.

우리는 그 길이 끝나는 곳까지 가서 그곳에 아늑한 토담집 하나 짓자 하고서 하염없이 산길을 올라갔다. 구불구불 산길 아래로 우리가 지나쳐온 산봉우리들이 펼쳐졌고 그 산봉우리가 내달은 골짜기에 멀리서 보아도 물빛이 눈부신 계곡물이 흐르고 있었고, 그 계곡을 따라 산골인데도 계단식 논들이 빽빽하게 들어차 있었다. 산이 푸르고 물이 맑으며 논이 풍성한 것은 그곳에 사람이 살고 있고 자연조건이 좋으니 인심 또한 후덕하리라는 것을 짐작하게 했다.

내 고향이라 해도 처음 가보는 곳은 그곳이 아무리 산골이라 하더라도 조금은 낯설고 두렵기도 했건마는, 이곳 '하한'은 들어서는 순간부터 마음이 안온하게 잦아들었던 것이다. 그리고 길이 끝나는 곳에 지금 내가 살고 있는 이곳, 하한2구, 고유 지명으로는 '웃한배미'가 고즈넉이 자리하고 있었던 것이다. 말 그대로 '길이 끝나는 곳에 마을은 있었다'.

집

웃한배미의 집들은 흙벽에 시멘트 기와를 얹거나 슬레이트를 얹은 한옥이다. 이곳도 전쟁은 그냥 비켜가지 않아서 6·25 적에 온 마을 사람들이 이녁 집에 손수 불을 지르고 십리 밖 마을까지 소개되었다가 돌아와서 일률적으로 지은 집들이라서 구조는 거의가 비슷하다.

토담에 초가를 얹고 살다가 70년대 새마을 바람으로 여유있는 집에서는 시멘트 기와를 얹고, 대부분은 슬레이트를 얹었다. 시누대 생울타리나 싸리나무로 엮었던 울타리를 블록으로 쌓아올린 것도 새마을 바람이 불 때 지붕개량과 함께 한 것이다.

나는 상상해본다, 70년대 이전의 웃한배미의 정경을. 노란 초가에 시누대 생울타리가 더없이 정겨웠을 것이다. 노란 초가 위로 가을이면 빨간 감이, 여름 저녁 생울타리 위로 하얀 박꽃이 꿈처럼 아름다웠으리라.

'새마을'은 모든 정겹고 아름다웠던 것들, 자연뿐만 아니라 아름다운 사람들, 아름다운 사람의 마음마저도 앗아가버렸다. 이제 농촌은 있어도 농촌의 정취는 사라져버렸고, 농부는 있어도 농부의 심성은 없어져버렸다. 그래도 생울타리는 아니어도 블록담 위로 담쟁이와 능소화가 천연덕스럽게 기어올라 있다.

웃한배미에는 한창 집 개조 바람이 불고 있었다. 말하자면 나무로 불 때던 부엌에 소위 '싱크대'라는 신식 조리대와 개수대를 들여서 부엌도 방처럼 꾸미고, 이제 부엌에서 불을 때지 않으니 난방의 방식을 기름 보일러로 고치고, 기름 보일러를 들여놓으니 더운물을 어느 때고 쓸 수 있으므로 목욕탕도 들이고 있었다. 그런데 한가지 도시 집들하고 다른 것은, 그래서 그나마 다행인 것은 하천이 오염된다는 사실을 농부들 특유의 암묵적인 합의로 인정하여 목욕탕에 수세식 변기를 설치하지 않았다는 점이다.

목욕탕에 수세식 변기를 설치하지 않은 그 암묵적 합의라는 것에 주목해보면 그래도 우리 농촌에 아직은 '농부의 양심'이란 것이 살아 있음을 발견하게 된다. 그런 마음들이 곧 희망이 아니겠는가, 싶어져 괜히 눈물이 나오려고 했다.

그러나 농촌에서 나고 농촌에서 자라 농촌에 살다 농촌에 뼈를 묻을 이 세대가 지나가고 나면, 그래서 도시로 나간 그들의 자녀들이 싱크대가 놓이고 보일러가 설치된 그냥 놓아두기는 아까운 이 좋은 집을 별장으로라도 사용하는 날이 실지로 오게 되는 날, 도시의 화장실 구조가 몸에 배어버린 사람들이 그들의 부모들이 지켜냈던 그 암묵적 합의로서의 '목욕탕에 화장실 설치하지 않기'를 과연 얼마나 지켜낼 수 있을지 사뭇 불안한 마음이 드는 것은 괜한 노파심 때문인가.

할아버지는 부엌을 개조하는 이유가 평생을 고생시킨 할머니에게 이제 와서나마 잘해주기 위해서라고 했다. 많지도 않은 두 사람분의 조석을 끓이려고 시커먼 정짓간에서 굽은 허리를 폈다 구부렸다 하는 꼴을 보기가 마음 아파서 농협에서 융자 돈을 얻어 늘그막에 집단장을 하는 것이었다.

그도 그럴 수 있겠다 여겨졌다. 이 좋은 세상에, 이 개명된 세상에 우리의 부모들, 농촌의 노인들에게만 '고향의 정취'로 미화되는 불편을 감수하게 할 수는 없는 것이다. 정작 우리의 부모들이 허리가 다 구부러지도록 그렇게 불편한 부엌에서 조석을 끓여내며 일한 덕분에 그들의 자식인 우리들은 허리 구부리지 않고도 살 수 있게 된 것이 아닌가.

마을에서 유일하게 젊은 사람인 이장네는 집을 고치지 않는다. 아직은 자신들이, 집을 고쳐야 할 만큼 몸이 불편하지 않고 젊은 사람들이라는 것이 이장이 집을 고치지 않는 이유였다.

집은 신식으로 좋은데, 그 좋은 집 마루에 할머니 혼자 적막하게 나앉아 있는 모습이 퍽도 서글퍼 보였고, 집 고치는 할아버지 말씀대로 시커먼 정짓간에서 신새벽에 조왕신에게 물을 올리고 하루를 시작하는 젊은 이장댁의 부지런한 몸놀림이 믿음직스러웠다.

집이 개조되어서이기도 하겠지만 이제 농촌에는 조왕신에게 물을 올려 자식과 집안을 위해 빌며 하루를 시작하는 아낙네의 모습을 구경하기 힘들게 되었다. 그렇다고 싱크대 윗자리 어디에 물을 올릴 수 있겠는가.

우리들의 집에 신이, 영혼이 사라져가고 있었다. 우리들의 집은 육신의 집일 뿐만 아니라 영혼의 집이기도 한데 말이다.

사람, 사람들

집을 구하겠다고, 더욱 구체적으로 말하면 우리 가족의 육신과 영혼을 부릴 터전을 구해보겠다고 천지 사방을 돌아다니다 당도한 웃한배미 마을 어귀에는 정자가 있다. 어느 마을의 정자나 다 그러하듯이 정자에는 노인들이 한가로이 앉아 있었다.

산골의 노인들은 난데없이 출현한 외지인을 호기심어린 눈빛으로 일별하고 우리는 그동안의 헤맴 덕분에 그런 호기심어린 눈빛에는 다소 이력이 붙어서 넉살 좋게 인사를 했다.

정자에 사람이 있었다. 눈빛은 낯선 사람에의 호기심에 차 있지만 경계하지 않고, 태도는 무뚝뚝하지만 밀어내지 않고, 표정은 부드럽지는 않지만 온화한 기운이 넘쳐나는, 어디선가 늘 보아왔지만 도시 사는 동안 잊어버렸던 얼굴을 가진 그런 낯빛을 가진 사람들이 그곳 정자에 옹기종기 앉아 있었다.

햇빛에 그을리고 바람에 씻긴 얼굴, 세월의 풍상을 온몸으로 겪어낸 산비탈의 바위나 소나무 혹은 그냥 한줌 흙의 색깔, 한줌 흙의 냄새, 한줌 흙의 감촉 같은 것을 고스란히 지니고 있는 듯한 그런 얼굴들이 그곳 정자에 있었다. 그 어떤 예술가의 잘 빚은 조각상이 저보다 더 진솔한 빛을 표정에 담아낼 수 있을 것인가.

그러고 보면 사람의 모습이란 그 사람이 사는 방식, 태도, 생각, 환경 등에 따라서 하나의 형상이 수없이 다르게 변화하는 것인지도 모른다. 도시의 거리에서 만나는 아무리 어여쁜 미녀 미남에게서도 정자에 앉은 저 노인들의 진실한 얼굴을 찾을 수는 없었다. 그 얼굴들에는 끊임없이 물질을 좇는 사람들 특유의 불만이 스며 있었고 인공의 냄새가 났다. 진실로 아름다운 것은 불안이 아니라 평화요, 인공이 아니라 자연인 것을.

노인은 우리를 마을 옆에 붙은 폐교된 학교로 안내했다. 학교는 70년대 초에, 말하자면 박정희 대통령 시절에 '학생이 있는 곳에 학교를'이라는 캐치프레이즈 아래 단 한명의 학생이 있는 섬에도 학교를 짓던 시절에 세운 산골의 분교였다.

마을 사람들은 이 학교를 짓느라 아침밥 먹고 징소리 나면 마을 밖을 흐르는 섬진강으로 나가 모래와 자갈을 이고 지고 오리 산길을 오르내렸다 한다. 그렇게 지은 학교가 이제 학생이 없어 폐교되었고, 자신들이 지은 학교에 자녀를 보냈던 학부형들은 이제 노인이 되었다.

자신들의 부모가 지은 학교를 나왔던 그 자녀들은 예외없이 도시로 나갔고, 한번 나간 자녀들은 다시는 시골로 돌아오지 않았다. 학교를 지은 노인들은 그들의 자녀들이 그랬듯이 그들의 손자들도 이 학교에 다니기를 염원했지만, 이제 학교는 단지 방학중에 시골 할머니 할아버지 집에 다니러 온 손자들의 놀이터로 변한 지 올해로 이태째다.

폐교된 경위를 설명하는 노인의 눈가에, 한때는 마을의 '개발위원장'으로서의 긍지와 자부심으로 충만했을 그 얼굴에 지금은 자조적인 쓴웃음이 어리어 있었다. 말짱 헛것이 되어부렀다고, 따에는 국가시책에 충실했다고 한 것들이 이제 와서는 아무짝에도 쓸모없이 되어부렀다고, 구릿빛 얼굴에 힘줄을 돋우던 노인은 그래서, 사람이 귀한 이곳에 살겠다고 와준 젊은 사람들이 고마워서 이렇게 학교를 안내하는 것이라고 했다. 말하자면 노인은 우리에게 정(情)을 베풀었던 것이다.

사람이 사람을 반기고 사람이 사람을 귀하게 여기는 속에 생래적으로 흐르게 되어 있는 인정이 그 말투에서, 그 몸짓에서 우러나오고 있었던 것이다. 그런 것에 우리는 반했다. 자연이 아니라 사람에, 사람의 향기에 반해버렸다.

우리는 결국 이곳에, 비록 황량하고 쓸쓸하기 한량없는 폐교된 분교지만, 저처럼 사람의 향기 아직 잃지 않고, 사람의 빛 아직 바래지 않은 '사람들'이 있는 이곳에 우리들의 이삿짐을, 우리들의 육신을, 우리들의 영혼을 부리자고 결정지었다.

이곳에 살겠노라고, 그렇게 결정 봤노라고 우리가 말하자 노인은 한순간 온 얼굴의 주름을 모아 웃어 보였는데, 그 웃음을 한마디로 표현하자면 '함박꽃' 바로 그것이었다.

바람 찬 생애에도 유년의 추억만은

요즘은 시골에서도 심심찮게 아이들이 눈에 뜨인다. 아이 울음소리가 끊긴 지 오래라더니 그 무슨 반가운 소리냐고 묻겠지만, 사실 그 속내를 보면 그리 반가운 현상이 못된다는 것을 알 수 있다.

지척에 두고도 자주 가보지 못하던 고향에 엊그제 다녀왔다. 그곳에서도 어린아이가 골목을 왔다갔다하며 강아지하고 놀고 있었다. 어린아이가 있는 것이 신기하고 그 아이가 귀여워서 가까이 다가가 "아가야, 니가 누구니?" 하고 물었더니, 무조건 손가락을 펴 보이며 "네 짤이요" 한다.

"네살이야? 엄마는 어딨니?"

"음마 쩌 갔져."

그렇다. 엄마는 저기로, 할머니 집에 저만 놔두고 엄마 아빠는 저어기 도시로 돈을 벌러 간 것이다. 아기 할머니에게 누구 딸이냐고 물었더니, 당신의 셋째아들 옥택이 딸이란다. 그러면서 "젊어서 부지런히 벌어야 써" 하신다.

그 할머니네처럼 젊은 아들·며느리, 혹은 딸·사위는 도시에서 돈을
벌고 시골에 남은 할머니 할아버지 들은 손자들을 맡아 기른다. 그런
집은 그래도 나은 편이다. 아이 엄마 아빠가 미래를 위하여 아이와 잠
시 떨어져 있을 뿐이기 때문이다.

동네 초입에 사시는 할머니는 오늘도 어린 손자를 끌어안고 눈물
바람을 하신다.

"세상에, 어디 이런 일이 다 있대요. 남자야 술 한모금 마시면 기분
에 언성이 높아질 수도 있고, 그러다보면 손이 올라갈 수도 있는 일을
갖고 못 산다고 새끼를 두고 도망을 가불었으니, 인자 이 어린것을 어
쩌를 헐 것이오."

칠 벗겨진 쇠대문 앞에서 손자를 끌어안고 앉아 오가는 사람을 붙
잡고 한탄을 하는 통에 그 앞을 지날 때마다 덩달아 눈물을 흘리곤 한
다. 할머니의 장탄식이 마음을 울려서가 아니라, 엄마 잃은 어린아이
의 영문 모를 슬픔이 가득한 눈동자가 가슴을 저미게 하기 때문이다.

은정이는 내 둘째아이와 같은 아홉살, 2학년이다. 그애가 우리집에
놀러 와서 내 아이와 소꿉놀이를 하면서 하는 말이 내 간장을 서늘하
게 한다.

"야 야, 우리 엄마는 우리 아부지 싫다고 도망가다가, 도망간 그날
차에 치여 죽어부렸단다."

"그래야, 너도 봤냐?"

"아니, 그랬다고 하더라, 우리 큰엄마가."

은정이는 천연덕스럽게, 그야말로 아무렇지 않은 듯이 제 엄마 이

야기를 하다가 이내 까르륵대며 장난질을 한다.

은정이는 지금 그애의 큰집에서 산다. 큰엄마, 큰아버지와 사촌언니와 사촌오빠가 있다. 사촌언니와 사촌오빠는 아홉살 눈으로 보기에는 어른이나 마찬가지일 대학생들이고 큰아버지, 큰엄마는 노상 바쁘거나 무섭다. 그러다보니 은정이는 외롭고 슬프다. 그래도 그애는 잘 울지 않는다. 울면 큰엄마에게 혼나기 때문에, 큰엄마에게 잘못 보이면 자기는 큰집에서도 쫓겨나 고아원으로 가야 하기 때문에. 그래서 자기는 절대로 큰엄마 보기에 미운 짓을 하지 말아야 한다고 은정이는 작은 입술을 깨물며 말한다. 은정이같이 깊은 속을 갖고 있지 못한 내 딸이 놀랍다는 듯이 연방 "그래야!" 해쌓는다. 감나무 밑에 쭈그려앉아서 노닥노닥 흙을 주물러가며 내 딸과 은정이가 하는 말들을 듣고 있노라니 그것도 가관이라면 가관이라 아니할 수 없다.

지금 저 어린 계집애들 머리 위 감나무 이파리 사이로 쏟아지는 햇빛을 저애들은 기억할 것인가. 기억한다면 그래도 그때의 햇빛은 따뜻했다고 할 것인가. 왜냐하면 우리 인생이란 악화일로만을 걷기가 십상이기 때문에.

학교에서 돌아온 둘째딸이 시무룩한 표정으로 가방을 내려놓을 생각도 않고 하염없이 앉아 있다. 왜 그러고 앉아 있느냐니까,

"어머니가 아침에 분명히 나한테 이천원 주셨잖아요?"

"그래, 모형 시계 사고 찰흙판 사라고 줬지."

"그런데요, 내가 깜빡 잊고 안 사버렸는데요. 은정이가 내 돈을 주라고 하데요."

"왜?"

"은정이 지가 보관해준다고요."

"그래서?"

"돈만 주려고 했는데 지갑까지 달라고 해서 다 줬어요."

"그런데?"

"학교 끝나고 집에 오려고 할 때 은정이한테 내 돈 달라고 하니까 다 잃어버렸다네요."

"잘한다, 잘해. 이제 다시는 너한테 돈 안 줄 거야. 자기 돈도 관리 못하는 애한테 어떻게 돈을 주니?"

멍하게 앉아 있던 우리 둘째딸 혜원이 눈에서 닭똥 같은 눈물이 뚝뚝 떨어진다. 닭똥 같은 눈물을 떨구면서도 하는 말,

"근데요 어머니, 정말로 저 이천원 주신 거 맞아요?"

"어이구, 망할 것, 나도 모르겠다. 내가 이천원을 준 건지 이백만원을 준 건지."

"은정이가 그러는데요, 지갑 속에 천원만 들어 있었다네요. 그래서 자기는 천원만 잃어버린 거래요."

짚이는 바가 없지는 않았지만 내색은 안하고 딸애만 닦달한 채로 그날은 그냥 넘겼다.

다음날, 학교에서 돌아온 둘째애 표정이 어제와 같이 또 시무룩하다.

"무슨 일 있었니?"

"은정이가요, 인제부터 나랑 안 논대요."

"왜?"

"너 돈 잃어버렸다고 느이 아빠 엄마한테 혼났냐고 묻더니, 그랬다고 하니까 나랑 다시는 안 논대요."

"그래 잘한다 잘해. 돈 잃고 친구 잃고."

둘째애의 느린 행동과 말도 내 복장을 터뜨리거니와 은정이의 이악스러움이 기가 질리게 한다. 어떻게 해야 하나, 선생님한테 말을 해야 하나, 그애 큰어머니한테 얘기를 해야 하나, 고민이 안될 수 없었다.

통 외출을 안하다가 갓난이 예방주사를 맞추기 위해 동구를 나서는데 마침 은정이가 할랑거리며 올라오고 있다. 그애는 천연스럽게 안녕하세요, 하고 인사까지 한다.

"응 그래."

인사를 마친 아이가 후닥닥 달아나기 시작한다. 그렇게 달아나는 아이를 보며 자신이 저지른 잘못을 숨기지 못하는 어린아이다움에 일말의 안도감이 느껴졌다. 보건소에 다녀온 후 둘째를 시켜 은정이를 데려오도록 했다. 물론 맛있는 음식으로 물량공세를 한 것은 물론이다. 일단 아이들에게 빵을 만들어서 먹이고 난 후, 딸아이를 심부름시켜 내보낸 후 은정이에게 물었다.

"은정아, 이 세상에서 제일 나쁜 사람은 어떤 사람이라고 생각하니?"

"음, 아줌마, 지난번에 텔레비전에서 봤는데요. 불량 청소년이 엄청 많대요. 진짜 나쁘지요?"

"응, 그래. 불량 청소년도 나쁘단다."

어떤 사람이 나쁜 사람이라고 생각하느냐는 질문에 느닷없이 텔레비전에서 본 불량 청소년 이야기를 하는 통에 나는 그만 픽 웃고 말았다. 안되겠다, 정면 돌파를 시도하는 게 훨씬 낫겠다 싶어, 은정아, 일단 이름부터 불러놓고 본다.

"예에?"

아이가 후닥닥 놀란다.

"지난번에 왜 혜원이 돈 가져갔어?"

"아줌마, 있잖아요."

"응."

"우리 큰엄마한테는 절대로 말하면 안돼요. 알았죠?"

"그래 알아서. 절대로 말 안할게."

"혜원이 돈 제가 가져갔어요."

"가져가서 뭐 했니?"

"음, 초콜릿 사먹고요오, 또…… 음…… 생각이 잘 안나요. 그런데요, 저는 천원만 가져갔어요. 진짜예요."

"그럼 나머지 천원은 어디로 갔어?"

"진짜로 몰라요."

"그래, 알았다. 이제 절대로 친구 돈 가져가면 안돼. 알았지?"

"네."

대답은 명랑하게 하지만 내가 제 큰어머니에게 일러바칠까봐 잔뜩 겁내고 있는 것이 눈동자에 역력하다. 입으로는 태연한 척 내가 구워준 빵을 먹으며 조잘대지만 목소리는 떨려 나오고 있다. 급기야는,

"아줌마, 절대로, 절대로 우리 큰엄마한테 얘기하면 안돼요. 그러면 저 서울로 가야 해요. 여기서 학교 못 다니고 서울로 가야 해요……"

아이가, 이제 겨우 아홉살배기 어린애가 엉엉 울면서 내게 매달린

다.

"그래 그래, 약속했잖아, 절대로 말 안한다고."

서울에서의 어떤 삶이 이 어린아이에게 상처를 주었던 것일까. 아무리 눈칫밥을 먹는 큰집이지만, 그래도 여기에서 학교를 다니고 싶어하는 것일까. 아홉살 은정이에게 세상은 온통 슬픔의 바다일 뿐이다.

은정이에게 왜 이곳에서 살고 싶은 거냐고 물었다.

"왜냐하면요, 여기는 꽃도 있고 소도 있고 여치도 있으니까요."

"치이, 은정이는 초콜릿 좋아하잖아."

"사실은 싫은데요. 아빠 생각나서 사먹었어요."

"왜?"

"아빠가 초콜릿 몽땅 사주고 집에 안 들어왔어요. 아줌마, 내가 가르쳐줄까요? 초콜릿만 먹고도 사람은 백날 동안이나 살 수 있대요."

아이가 놀랍지 않느냐는 듯 눈을 동그랗게 뜬다.

"지난번 초콜릿 혼자 다 먹었어?"

"예, 변소에서 다 먹어버렸어요. 히힛."

은정이의 슬픔은 요새 온통 초록이다. 초록의 이파리 속에서 장미꽃 봉오리가 몽실몽실 피어나고 있다. 나는 바란다, 몽실몽실 피어나는 장미꽃같이 은정이도 슬픔을 거름 삼아 몽실몽실 피어나기를, 상처조차도 그리움으로 환치시킬 줄 아는 탁월한 감수성을 지닌 아이로 자라나기를.

나는 은정이가 내 딸의 돈을 가져가서 초콜릿을 사먹었다고 해서,

기가 질릴 만큼 이악스러운 데가 있다고 해서 결코 그애가 아름답지 못한 심성을 가졌다고는 생각지 않는다.

먼 훗날에, 친구의 돈을 가져다가 초콜릿을 사서 큰집의 냄새나는 변소에서 잘근잘근 깨물어먹은 일조차도 그애의 기억 속에서 따뜻한 유년의 추억이 되기를 나는 바라는 것이다.

모든 바람 찬 생애에도 유년의 기억만은 따뜻해야만 한다. 그래야만 한다.

곡성역에서 만난 할아버지

이따금 차를 몰고 도시로 나갈 때가 있다. 시골의 국도나 고속도로를 달릴 때는 그런대로 안심하고 차를 몰 수 있다. 그런데 도시의 입구에 딱 들어설 때부터 내 가슴은 콩닥콩닥 뛰기 시작한다. 도대체 내 차를 어디로 집어넣어야 할지, 어떻게 내 차의 앞머리를 들이밀어야 할지. 나는 내가 가야 할 목적지도 까맣게 잊어버리고 오직 달리는 저 차들 속으로 어떻게든 내 차를 끼워넣어야 한다는 오직 그 한가지 일념으로 두 눈을 잔뜩 부릅뜨고 입술을 앙다물고 한다. 나는 언제나 출발이 늦고 속력이 낮은데 조금만 꾸물대어도 뒤에서 요란한 경적 소리가 나고 그 소리는 나를 겁나게 하는 것이다. 도시에서 차를 운전한다는 것은 나같이 어쭙잖은 촌뜨기 기질을 가진 사람하고는 도대체 맞지도 않고 할 수도 없다. 모두모두 날래고 사납고 기민하고 힘 가진 사람들이다, 도시의 운전자들은. 되도록 도시 나들이를 하지 않고 살려고 한다. 혹 도시 나갈 일이 있어도 내 차를 그토록 살인적인(그렇다, 그것은 분명 살의로 번뜩이는 거리다), 그런 살의로 번뜩이는 거리로 내 차를 몰고 나가고 싶지도 않고 그럴 재주도 없다.

12월 중순 무렵 서울에서 공부하는 남편이 방학을 맞아 시골집으로 온다기에 기차시간에 맞춰 역으로 나갔다. 밤기차였으므로 큰아이들은 재워놓고 막내만 차에 태워서 나갔다. 막내아들 녀석은 오밤중에 자다가도 내가 없으면 난리를 치며 울기 때문이다. 곡성역사는 지은 지 한 오십년은 족히 넘었을 낡디낡은 건물이다. 지금은 거개가 알루미늄 새시라는 것으로 창문과 출입문을 해 달았지만 곡성역사의 문들은 모조리 나무틀 문으로 되어 있다. 우리가 영화 같은 데서 가끔 보게 되는 사각형의 나무틀 안에 또 나무로 가로 세로 십자 모양으로 가로질러 사등분된 유리창이 그렇게 정다울 수가 없다. 게다가 IMF시대라 그런지 예전에 쓰던 장작난로를 가져다 대합실 한가운데에 설치해놓았다. 난로 안에서 타닥타닥 소리를 내며 장작이 벌겋게 타오르고 있었다. 난로 주위에 낡은 나무의자들이 빙 둘러서 놓여 있었고 거기 할아버지 한 분이 고즈넉이 앉아 불을 쪼이고 있었다. 남편이 탄 기차가 오려면 한 이십분가량 더 기다려야 했으므로 나는 울아기와 함께 할아버지 맞은편에 앉았다. 역사 안에는 할아버지와 우리 모자 외에는 아무도 없었다. 표 파는 역무원이 매표소 안에서 꾸벅꾸벅 졸고 있을 뿐.

할아버지는 입가에 낯익은 미소를 띠며 우리 아기를 건너다보고 있었다.

"할아버지 어디 가세요?"

할아버지는 기다렸다는 듯 대답했다.

"서울 아들네."

"어디 사세요?"

"목사동 대곡."

대곡이라면 내가 사는 곳에서 멀지 않은 보성강 건너의 마을이다.

"거기서 여기까지 오시기가 여기서 서울 가는 길보다 더 힘드셨을 텐데요."

시골의 교통편이라는 게 말할 수 없이 옹색하다는 것을 잘 아는 나는 할아버지가 대곡에서 여기 읍내 기차역까지 오신 그 여정이 만만치 않았을 것에 이상하게 가슴이 아렸다. 더군다나 할아버지는 시골 노인네들 특유의 짐들을 바리바리 싸 짊어지지 않았는가. 나에게는 일면식도 없었던 할아버지지만, 그렇지만 할아버지는 나에게 하나도 낯설지 않았다. 그것은 바로 그 할아버지가 시골의 우리 부모님들하고 똑같은 모습을 하고 계셨기 때문이다. 다 열거해서 무엇하랴. 그 흙빛 같은 살빛이며 나무등걸 같은 손, 그냥 자연 그대로의 모습을. 나는 그래서 가슴이 아렸다. 내 부모님 같아서, 그 영감님이 그냥 내 부모하고 하나도 다르지 않게 느껴져서. 그런 내 마음과는 아랑곳없이 할아버지는 예의 그 화롯불같이 따스한 미소를 입가에 묻히신 채로,

"괜찮어" 했다.

'괜찮어. 자식 보러 가는 길인데 뭐가 힘들어? 하나도 안 힘들어.'

하지 않은 뒷말은 아마 틀림없이 그런 말들이었을 것이다.

"대곡에서 어떻게 오셨는데요?"

"대곡에서 석곡 가는 차가 다섯시. 네시 반에 저녁 먹고 다섯시 차 타고 석곡 왔지."

"그래서요?"

나는 침을 꼴딱 삼켰다.

"석곡서 읍내 가는 버스가 일곱시에 있어서 기다렸다가 타고 왔지."

할아버지는 천진하게 말했다. 천진무구하게.

"하나도 어려울 것 없어. 차 시간에 맞춰 타고 왔지 뭐."

"서울 가는 건 몇시 기차예요?"

물으면서도 나는 자꾸만 왜 이렇게 니 아부지 탄 기차가 안 온다냐고 말할 줄도 모르는 아들녀석에게 푸념처럼 말을 건넸다. 자꾸 역사벽에 걸린 시계를 쳐다보는 것도 잊지 않았다. 그러면서도 또 할아버지와의 대화에 슬슬 재미가 일고 있었다.

"열한시 사십분."

세상에나! 일곱시 삼십분에 역에 도착하여 그때부터 아홉시 사십분인 지금까지 줄창 이 자리에 이대로 앉아 계셨단 말인가. 그러고도 또 앞으로도 두 시간을 더 기다려야 할아버지가 타고 갈 기차가 온다. 나는 그만 억장이 무너져내릴 것만 같았다. 아니다. 눈물이 다 나올 것만 같았다. 오후 네시 반에 저녁을 잡숫고 출발하여 대곡에서 석곡까지 버스를 타고 와서 석곡에서 곡성 읍내까지 또 버스를 타고 와서 읍내 터미널에서 역전까지 또 짐을 짊어지고 걸어와서 그때부터 지금까지 장작난로 앞에서 기차를 기다리시는 할아버지. 가슴이 턱 막히는 어떤 느낌, 그것을 뭐라고 말해야 할까. 아, 바로 그것이었다. 우리가 잃어버린 그 여유, 그 너그러움, 그 인내, 그 푸근함, 그 고요. 내가 도시 나가기를 무서워하는 이유가 바로 도시에는 그런 것, 그런 느낌, 그런 것을 가진 사람을 만나볼 수 없다는 절망감 때문이리라.

모든 꽃은 열매가 된다

꿈결처럼, 자두가 꿈결처럼 좌락좌락 열렸다. 부슬부슬 내려쌓는 장마비에도 아랑곳없이. 커다란 푸른 나무를 그려놓고 붉은 물감을 마음 내키는 대로 점 찍어놓은 듯이. 과육은 아기 궁둥이같이 통통하다. 속살을 감싸고 있는 껍질은 또 어찌 그리도 반들반들한지, 쉽게 손에서 놓고 싶지가 않다. 통통하고 반들반들하고 낭글낭글하게 잘 익은 자두를 아침에 일어난 댓바람에 한 차대기 따서 한 광주리씩 이웃집들에 돌리는 맛은 또 내 입속에 자두를 넣는 맛에 버금가는 일이다.

이사할 집에 과실나무가 있다는 것은 즐거운 일이다. 새로운 주인인 나는 과실을 따먹으면서 맨 처음 그 자리에 나무를 심은 전주인을 생각해본다. 그가 심어놓은 과실을 나 혼자 맛보는 것을 미안해하기도 하고.

봄에 자두꽃이 하얗게 피었을 때는 별 감탄 없이, 봄이 되니 저도 꽃을 피웠는갑구나, 하고 생각했을 따름이었다. 그러다가 어느 무르익은 봄 밤에 코끝을 스치는 자두꽃 향기에 문득 잠이 깬 적이 있었다. 나는 가만히 문을 열고 자두나무가 있는 텃밭, 우물가 쪽을 바라보았다. 거기에 배꽃보다 더 작은, 싸리꽃보다 더 향기로운 자두꽃들이 온 밤을 하얗게 밝히고 있었다.

그날 밤 나는 조금 행복했었다. 생각해보라. 이제 나는 자다가 깨어 자두꽃 향기를 맡을 수 있는 집에서 살게 된 것이다. 내가 왜 이런 말을 하는가 하면 나는 예전에 자다가 깨면 수챗구멍에서 올라오는 하수구 냄새가 나는 집에서도 살아본 적이 있기 때문이다. 그런 데서도 살아본 적이 있는 사람이 자다가 깨어 하수구 냄새가 아닌 자두꽃 향기를 맡을 수 있는 집에 살게 되었으니 어찌 행복하지 않을 수 있겠는가. 자다가 깨어 자두꽃 향기를 맡거나 자두꽃 향기에 잠이 깰 수 있다면, 하룻밤에 열두 번이라도 깨어나리라. 그 밤에 나는 그런 생각을 하였던 것이다.

이제 와 생각해보면 그날 밤 나는 다만 꽃향기에 취했을 따름이었다. 이후에 싸리꽃보다 더 향기로운 그 작은 꽃술들 하나하나가 그토록 놀라운 변신을 하리란 것을 나는 미처 상상하지 못하였던 것이다. 세상의 모든 꽃은 다 열매가 된다는 사실을 나는 깜빡 잊어버리고 있었던가. 만개한 꽃 같은 여인은 결국 달덩이 같은 아일 낳는다. 드디어 그 몸에 열매를 매다는 것이다. 그와같은 이치를 나는 아직 알지 못한 채로 꽃만을 탐하였던 것이다.

꽃들이 지고 났을 때 나는 한동안 자두나무를 잊고 지냈다. 그것은 다만 보통의 푸른 나무에 지나지 않았다. 감나무나 배나무나 대추나무나 한가지로 그것은 다만 한그루 푸른 나무에 지나지 않았던 것이다. 그러던 어느날, 좀더 정확하게는 유월 초의 이른 아침, 툇마루에 앉아 여느 때나 다름없이 집안의 '늘 푸른' 나무들을 둘러보고 있던 차였다. 푸른 것들만의 세상인 유월에 뭔가 심상찮은 기미가 있다는 것을 알아차렸다. 그것은 아직 밝은 대낮에 등불을 켠 것처럼 미미한 기미일 뿐이었으나 주변이 워낙 푸른 것들 천지였기에 그나마 심상찮은 기미로서나마 내 눈에 포착되었던 것이다.

그때부터 자두나무는 다시 내 시야 안으로 들어왔다. 한밤에 우연히 깨어나면 자두나무께로 먼저 눈이 갔다. 밤인데도 자두나무는 부산했다.(내가 부산하다고 느꼈을 터이다.) 별빛과 달빛과 밤에 내리는 이슬과 그리고 밤의 그 어둠까지도 자두나무의 부산함에 동참하고 있다는 것을 알 수 있었다. 한밤중에 깨어나서 텃밭 쪽으로 귀를 모으고 가만히 있으면 별빛과 달빛과 밤이슬과 어둠이 자두나무 주변에 엉겨서 내는 소리들이 이루 말할 수 없이 시끄러웠다. 너무나 고요해서 그것들은 마냥 시끄러울 수가 있었던 것이다. 내가 문을 열고 툇마루에 우두커니 앉아 있으면 어느 순간 그것들은 일제히 모든 소리를 뚝 그치고 말았다. 나는 그것들이 나의 존재를 잊어버리고 자기들끼리 부산해지기를 기다렸다.

그러다가 달이 서쪽 하늘로 꼴딱 지고 있는 것을 목격하기도 했다. 달이 서쪽 하늘로 꼴딱 지고 나면 동쪽 하늘에 부옇게 동이 터오고 있다. 밤새 부산하던 자두나무가 엄마는 자고 있었어도 저는 밤새 큰 아이 같은 모습으로 분홍의 아침놀 속에 그 자태를 드러내고는 했다.

그로부터 여러 날이 지나 신의 축복인 듯, 아니 그것은 정말 축복 자체였다. 가만히 내버려둔 나무에서, 그것도 둥치에 이끼가 끼고 담쟁이가 가지를 친친 동이고 올라가도 떼어내줄 생각도 안한 나무에서 그와같은 매혹의 열매가 탄생하였다는 사실 자체가 신의 축복이 아니고 무엇이겠는가. 아, 이럴 줄 알았으면, 이렇게 좋은 열매를 매달 줄 알았으면 내 진작에 좀더 잘 거두고 보살펴줄걸, 하는 마음에 눈물마저 핑글 돌았다.

긴 대나무 장대로 한번만 쳐도 후두두, 붉은 열매는 나무 아래 푸른 머위대 위로 쏟아졌다. 아침이슬이 고스란히 묻은 향기나는 과일을 치마폭에 주워담는 그 순간의 짜릿한 행복.

해님같이 방실방실 깨어난 우리집 갓난이한테 노란 자두 속살을 숟가락으로 으깨어 한입 가득 떠먹여줄 때의 기쁨. 자두나무 한그루로 하여 유월은 우리집 식구들에게 축복의 한달이었다.

그리고 지금은 칠월이다. 자두나무 한그루로 하여 유월이 축복의 계절이었다면 칠월은 그저 비의 계절일 뿐이다. 마지막 몇개 남아 있던 자두알은 날아가던 새가 와서 쪼아먹고 곳곳이 총에 맞은 듯 살점이 찍혀나간 처참한 모습으로 땅바닥에 툭 떨어지면 시커먼 개미떼가 달려들어 씨까지 작살을 내었다. 비바람이 한차례 불고 지나가면 과육을 삽시간에 잃어버린 자두나무 잎사귀에서는 어쩐지 푸석한 가을 냄새가 나는 듯도 하다. 열매를 잃어버린 나무의 푸른 잎사귀가 흉물스럽게도 느껴진다. 이제 나는 너에게서 더이상 취할 바가 아무것도 없다는 생각이 그 나무를 그렇게 보게 한다. 반대로 뒤집어보면 그런 나의 마음이 얼마나 흉물스러운가. 줄 것 다 준 사람에게 더이상 아무 것도 남아 있지 않음을 알고 가차없이 내팽개치는 도둑의 심보가 아니고 무엇인가.

관정(管井)을 기계로 새로 팠기로 자두나무 밑에 있던 옛날에 손으로 판 우물을 메우느라 뙤약볕 밑에서 분주했다. 이 집의 옛주인이 자두나무 밑에서 우물을 긷던 정취마저도 새 주인의 손에 의해 묻히는 순간이다. 그런 생각을 하고 앉아 있자니 문득 내 머리 위로 넓은 그늘을 드리우고 있는 나무에 눈이 간다. 한여름의 무지막지한 햇빛을 가려주고 있는 나무가 말없이 나를 내려다본다.

바로 그 옆에 지금은 한갓 푸른 나무로만 보이는 감나무가 질세라 짙은 그늘을 드리우고 있다. 서 짙은 감나무 그늘 밑에 있을 때 나는 아직 찬란한 가을날의 감나무를 예견하지 못한다. 노란 감꽃이 나도 몰래 피고 지고 하였다는 사실조차도 나는 그 그늘 밑에서 기억하지 못한다. 내가 기억하거나 말거나, 내가 예상하지 못하거나 말거나 감나무는 그 생애 최고의 날들을 가을에는 갖게 되는 것이다. 그러고 나서 그 잎은 푸석해지리라. 자두나무가 그러했듯이, 산고를 겪고 난 여인이 그러하듯이.

생애의 어느 한때 한순간, 누구에게나 그 '한순간'이 있다. 가장 좋고 눈부신 한때. 그것은 자두나무의 유월처럼 짧을 수도 있고, 감나무의 가을처럼 조금 길 수도 있다. 짧든 길든, 그것은 그래도 누구에게나 한때, 한순간이 된다. 좋은 시절은 아무리 길어도 짧을 수밖에 없는 것이다. 짧기 때문에 좋은 것이다. 좋은 것이, 좋다고 말할 수 있는 우리 생애의 모든 것들이 영원하다면 어찌 좋다는 말을 할 수가 있겠는가. 좋다는 개념 자체를 우리는 알 수 없을지도 모른다.

세상은 참 많이, 그리고 늘 '나쁜 것'들의 연속이었다. 나쁜 것들의 행렬 속에서 좋은 것의 도래를 열망하여 어느 한때, 좋은 한 시절을 만나게 되는 것이다. 오랜 기다림 끝에 간절한 열망 끝에 오는 좋은 한 시절은 그 기다림과 그 열망의 시간들에 비해 너무나 짧다. 오죽하면 메뚜기도 한철이란 말이 생겨났겠는가.

그러나 좋은 한순간, 한때, 혹은 한 시절이 누구에게나, 기다리고 열망하는 사람 누구에게나 오는 것만은 아닌가보다. 그야말로 그 인생의 어느 한순간에도 '좋은 한때' 한번 못 보고 생을 마감하게 되는 지난한 생애들을 종종 보게 되니 말이다.

어느 죽음인들 안타깝지 않은 죽음이 있겠는가마는 평탄한 삶만을 살다 간 사람보다 신산하기만 한 생을 살았던 사람의 죽음 앞에서 가슴이 메어오는 것을 경험하곤 한다. 그 생애에서 뭔가를 이루려 하다가 끝끝내 이루지 못한 이의 죽음 앞에서는 울음조차도 사치스럽게 느껴질 때가 종종 있다. 울음이란, 슬픔이란 때로 얼마나 감정의 허영인 것이냐.

무슨 일을 하다가 넋을 놓고 앉아 있을 때가 있다. 자두나무 그늘 밑에서 자두나무만을, 봄의 자두꽃과 초여름의 눈부신 자두를 생각하다가 얼토당토않게 우리 친정 쪽 당숙이 생각난다. 어머니는 사래 긴 밭에 고구마순을 부치다가 그러셨다. 비가 좌락좌락 내리고 도롱이를 뒤집어쓴 채였는데도 전혀 아랑곳없이, 비야 동이로 퍼붓든 말든, 도롱이 속의 온몸이 젖든 말든 나는 모르겠다는 듯, "아야, 무수굴댁이 작년 요맘때 죽었어야." 그럴 때 어머니 눈은 우리 밭 이웃에 있는 무수굴댁 밭머리에 가 있었다.

자두나무 밑 우물을 메우다가 왜 나는 친정 당숙을 생각하는가. 자두나무까지 다 보는 좋은 한때를 당숙은 보지 못하고 세상을 떠났다는 생각 때문인가. 좋은 때 못 보고 세상 떠난 것으로 치자면 내 아버지 어머니가 더 했고 그래도 당숙은 낫지 않았나. 그래도 그분은 당신이 잡숫고 싶은 술은 원없이 드시고 가지 않았나. 그런데도 이녁 양친은 놔두고 삼촌도 아닌 오촌 당숙을 생각하는 이유가 무엇인가. 연유는 암만 생각해도 알 수가 없다.

작년에 내가 우리집 갓난이를 배고 있었을 때 당숙의 부음을 들었다. 만삭이라 가보지 못하고 대신 남편이 아이들하고 문상을 갔다. 아직 환갑도 넘기지 못한 이른 죽음이었다. 순조롭지 못했던 삶을 살았던 당숙의 죽음이, 그렇다고 내 가슴을 칠 정도는 아니었다. 잠시 먹먹한 정도였다. 남편이 상가에서 돌아오고 나서 얼마 안 있어 나는 출산과 이사를 하게 되었고, 그리고 당숙의 죽음은 까맣게 잊고 있었다. 산 사람도 오래 보지 않으면 잊듯이, 당숙의 존재 자체에 대해서 전혀 생각이 미치지 않았다.

그러다가 문득 이 자두나무 밑에서, 칠월의 뙤약볕 밑에서 당숙을, 나의 오촌 당숙을 떠올리는 것이다.

산골의 폐교된 분교에 살 때 일이니까 작년 일이다. 봄이었고 저녁이었다. 느닷없이 당숙에게서 전화가 왔다.

"선옥아이."

내가 어렸을 때도 당숙은 나를 그 특유의 억양으로 그렇게 불렀다. 그것은 약간 장난스런 어투였다. 정답고 다정한, 그러면서도 진지한 어투이기도 했다.

"당숙이 웬일이세요?"

"전화번호부에 니 이름이 나와 있길래 해봤다."

"예에."

"한번 와라."

"예."

"끊는다."

"예, 들어가세요.."

평소에 전화 한번 하지 않던 나와 당숙 사이였다. 뵌 지도 꽤 오래됐다. 당숙의 목소리는 천진하고 무구했다. 나는 당숙의 전화를 받고 기뻤다, 단 몇마디뿐인 전화였지만.

내 양친과 마찬가지로 당숙은 그냥 필부였다. 그 동네에서 태어나서 그 동네에서 장가들고 그 동네에서 아기 낳고 그 동네에서 전답 늘리고 농사짓고 싸우고 메구굿 치고 웃고 그러다가 결국 자신이 봄에 모종한 고추밭에 푸른 고추 몇포기 뽑아내고 그 자리에 들어가 누웠다. 자신이 만지던 흙 속에 누워 스스로가 흙이 되었다.

봄 밤에 장난스레 전화했던 당숙, 여름에 그 당숙의 부음을 들었다. 폐교된 분교 마당에 심어진 살구나무에 살구가 샛노랗게 익어가던 여름 밤이었다. 나는 그때 생각했다.

"아이고, 그렇게 가실 거면 저거나 좀 따다가 갖다드릴걸."

자두나무 밑에서 생각한다.

"아이고, 요번 당숙 제사에 저 자두나 좀 따다가 갖다드릴걸."

이제야 당숙을 생각하게 된 연유가 떠오른다.

계절이 다가오는 기미들

소나기조차 없는 무더위가 연일 계속되고 있습니다. 산골은 온통 검푸른 초록과 매미 소리뿐이네요. 아무도 오지 않고 아무데도 나가지 않는 한여름입니다. 초록은 아무리 들여다보아도 눈이 시리지 않고 매미 소리는 아무리 시끄러워도 소음으로 느껴지지 않습니다. 그래서 산골은 적막합니다. 그 적막 속의 산길을 오토바이를 타고 우체부가 옵니다. 아무도 찾아오지 않는 한여름 낮의 유일한 손님입니다. 오토바이 소리는 먼데서부터 희미하게 들려오다가 이윽고 내 집 마당에 와 멎습니다. 나는 재빨리 찬물 한그릇을 들고 마당으로 나갑니다. 내게 우편물을 건네고 우체부는 그릇 표면에 김이 서린 찬물을 달게 마신 뒤에 다시 저 이글대는 황톳길을 향해 오토바이 시동을 힘차게 겁니다. 내 정수리에 내려꽂히는 태양의 열기는 그에게도 마찬가지일 텐데. 한여름이나 한겨울에 오는 우편배달부를 보면 나는 어찌해야 좋을지, 그냥 감사하다고만 해도 되는 것인지 쩔쩔매게 됩니다.

우편물들을 안고 와서 선풍기 앞에 주질러앉았습니다. 신문과 잡지와 각종 청구서들 속에 편지가 끼여 있습니다. 나는 편지부터 뜯습니다. 독자에게서 온 편지군요. 편지들을 읽다가 나도 모르게 눈물을 흘릴 때가 있습니다. 나는 독자의 얼굴을 알지 못합니다. 독자 또한 내가 펴낸 책 속의 사진으로밖에 내 얼굴을 모르지요. 서로 얼굴을 맞대고 다정한 목소리로 이야기 한번 나누지 않은 작가와 독자 사이입니다. 독자는 오직 내가 '작품'이라는 이름으로 이 세상에 내놓은 글을 읽고 나를 알 뿐이지요. 그렇게 나를 알 뿐인 독자에게서 온 편지가 때로 나를 울리는 것입니다. 코끝이 시큰해지고 눈물이 핑 도는 게, 아 내게도 독자라는 친구가 있었구나, 이 세상 어딘가에 내게 편지를 보내는 내 글 속에 녹아 있는 나를 알아주는 사람이 있긴 있었구나, 싶어져서일까요.

독자의 편지들을 차곡차곡 서랍 속에 챙겨 넣어두고 나서 답장을 해야지 하고 마음을 먹습니다. 답장을 해야지, 해야지 하면서 며칠을 보냅니다. 그러다가 결국은 포기하고 맙니다. 내가 이기적인 사람이어서일까요, 아니면 용기가 없어서일까요. 마음은 이미 답장을 다 써놓은 상태인데 그것을 글로 쓰고 우표를 붙이고 우체통에 넣지를 못하고 있습니다. 행동이 마음을 따르지 못하는 건 내 오랜 고질병이지요. 그래서 늘 때를 놓치고 마는 일이 허다하구요.

그다지도 나를 알아주기를, 내게 다가와주기를 원했던 사람이 막상 내게 가까이 다가오게 되면 뒷걸음치는 일이 한두 번이 아니지요.

몇년 전 일인데요. 고운 목소리를 지닌 여자분의 전화를 받았습니다. 그때도 아마 한여름이었을 겝니다. 하얗게 이글대는 햇빛 속에 집들과 사람들이 온통 포위당한 채 옴짝달싹 못하는 그런 날이었지요. 움직이는 모든 것들이 정지되어버린 듯한 한낮이었습니다. 그 더위 속을 뚫고 아무도 내게 오지 않았고 나 또한 누구도 찾아가지 않는 나 날이었습니다. 그때, 고운 목소리의 여성이 나를 찾아오겠다고, 그 뜨거운 햇빛 아래 오직 나 하나 보러 오겠다고 전화를 걸어왔습니다. 문득 아득해졌습니다.

뜨거운 한여름의 태양 밑을 묵묵히 걸어가는 사람의 이미지는 구도 자의 그것으로 제게 다가옵니다. 한여름 산밭에서 콩밭을 매는 아낙이 있습니다. 그 아낙이 일하는 밭머리로 바랑을 등에 진 노승이 지나 갑니다. 사방은 고요뿐이지요. 노승이 지나간 그 길 위에 체장수가 지나갑니다. 둥둥같이 엮은 체를 짊어진 체장수와, 빈약한 탁발 바랑을 짊어진 노승이 지나간 밭머리 위에 오래 잊었다 생각난 듯 바람 한점이 건듯 불어옵니다. 콩밭 고랑에 여윈 허리를 묻고 있던 아낙의 고개가 들려집니다. 아낙은 알지 못합니다. 그녀가 콩밭에 몸을 묻고 있던 그때 한줄기 바람 부는 저 밭머리 위로 가난한 노승이 지나갔고 둥둥같은 체를 짊어진 체장수가 지나간 것을 여인은 까맣게 모르는 것입니다. 그리고 지금 그들이 지나간 그 자리에 바람 한점 무심히 불고 있습니다.

노승이 구도자이고 체장수가 구도자요 콩밭 매는 아낙이 구도자 아니겠습니까. 고난의 길을 땀 흘려 묵묵히 걸어가는 그들의 길 위에 한줄기 바람은 무엇일까요. 그 또한 그들에게는 그냥 무심한 바람에 불과할 겁니다. 그들 자신처럼 말이지요.

뜨거운 길을 걸어 내 집에 오겠다는 사람의 전화를 받고 그런 생각을 하고 있었습니다. 나는 그 사람이 반가웠고 내 집의 방문을 쾌히 승낙해야 했습니다. 그런데도 나는 몸이 아프다는 핑계를 대고 말았습니다. 몸이 아파서 누구의 방문도 받을 수 없다는 말을 해놓고 또 얼마나 망연자실 앉아 있었던가요.

그날 저녁참에 외출을 했습니다. 해거름에 길을 터벅터벅 걸어 책방엘 갔습니다. 책방 가는 길에 제과점 앞을 지나다 제과점 유리문 안에서 케이크를 사는 젊은 가장의 모습을 보았습니다. 이 저녁 그의 가족들은 하얀 케이크의 달콤함과 붉은 수박의 시원함을 풍성하게 즐길 수 있을 겝니다. 책방으로 가는 지름길인 신문사 뒷골목을 지나다가 바람 부는 골목 쪽으로 출입문을 활짝 열어젖힌 밥집 앞을 지납니다. 뜨거운 햇빛 아래 하루 종일 노점을 벌였던 영감, 푹푹 찌는 날씨에도 아랑곳없이 하수도 공사를 벌인 인부, 이제 막 기사를 마감해놓고 한숨 돌린 기자들, 그 기자들 사이를 누빈 보람으로 한두 건의 실적을 올린 보험설계사, 그들이 그 밥집의 주요 고객이지요. 가끔 뜨내기처럼 '왕년의 한가락'들이 찾아들곤 합니다. 그들, 왕년의 스타들은 늘 시끄럽지요. 나는 가끔 그 고요한 단골들 속에 끼여 앉아 시끄러운 뜨내기의 장광설을 경청하곤 했습니다. 그런 밥집 안을 기웃이 들여다보았습니다. 밥집 아줌마가 조울조울 졸고 있습니다. 이윽고 책방으로 들어가는 문 앞에 섰습니다. 그때였지요. 누군가가 내 앞에 우뚝 서서 활짝 웃고 서 있었습니다. 기겁을 했지요. 내 앞에 활짝 웃고 선 그 여성은 자신이 낮에 전화했던 사람이라고 말했습니다. 그녀는 방금 전 책방에서 내 글을 읽고 나온 참이라며 자신이 방금 전 읽고 나온 글의 작가를 이렇게 만난 것은 정말 기막힌 우연이라고도 했습니다. 나는 놀랐고 얼굴이 화끈거렸고 그래서 인사도 제대로 하지 못한 채 책방 안으로 도망쳤습니다. 그녀가 나를 쫓아왔습니다. 나는 그녀로부터 도망쳐 어떻게든 몸을 숨기고 싶었고 그래서 책장들 사이에 몸을 숨기고 오들오들 떨고 있었습니다. 내가 생각해도 참으로 이상한 행동을 하고 있는 나였습니다.

가끔 이런 바보 같은 짓을 하고는 했습니다. 내 앞에 웃고 선 그 사람이 아까 전화했던 사람이라고 말했을 때, 그러시냐고 점잖게 웃어줄 수도 있었으련만, 아프시다던데 지금은 어떠시냐고 그이가 물어왔을 때 물론이라고, 지금은 괜찮다고 선선하게 대꾸할 수도 있었을 텐데, 아니 그랬으면 좋았으련만, 그리하여 그 적적한 저녁에 그 선한 눈매의 여성과 그런대로 좋은 시간을 가질 수도 있었으련만 나는 그 간단한 것을 못하고 엉뚱한 짓을 벌이고 있었던 것입니다.

결국 그 여성은 나를 찾지 못하고 돌아섰습니다만 돌아서는 그녀를 바라보며 나는 피식 쓴쓸하게 웃고 말았습니다.

이 글을 쓰는 동안에 손님들이 왔다 갔습니다. 내내 사람이 없다 오랜만에 사람 소리로 시끌벅적하니까 좋았습니다. 좋으면서도 나는 또 손님들 앞에서 내내 쩔쩔맸지요. 안해도 될 말을 하기도 하고 꼭 해야 할 말을 못하기도 하고 그러다가 그들이 썰물처럼 빠져나간 후에 혼자 가슴앓이를 좀 했습니다.

그리고 지금 밤입니다. 풀벌레 소리가 가득합니다. 개 짖는 소리도 아득히 들려옵니다. 이제 곧 가을이 오겠지요. 그래서일까요. 풀벌레 소리 귓가에 가득 차오는 그런 밤이어서요. 사람 때문에 가슴 졸이고 사람으로 인해 환희에 들뜨기도 하고 불행해하기도 했던 시간들이 아득하게만 느껴집니다.

이곳에 터를 잡은 지 벌써 일년이 넘었습니다. 그동안에 어지간히 사람으로 해서 가슴 졸이고 사람으로 해서 들뜨기도 했던 기억들을 지워가고 있는 중입니다.

온갖 꽃들을 바라보며 혼자 생각에 잠깁니다. 이곳에 핀 꽃들이란 주로 곡식의 꽃이지요. 관상용 꽃이 아니라 곧 열매로 맺어질 꽃입니다. 하얀 참깨꽃은 종을 닮았습니다. 바람이 불면 무수한 작은 은종들이 일제히 달랑거립니다. 보라색의 팥꽃은 둥근 잎사귀 속에 하염없이 수줍습니다. 오이꽃 호박꽃 참외꽃도 한창입니다. 내가 심어놓은 그것들이 일제히 꽃을 피워내는 것에 나는 또 하염없이 감동스럽기만 하지요. 그래 때로는 눈물을 찔끔거리기도 하고요. 내가 심은 그것들이 꽃을 피우는 것도 경이로운 일일진대 열매를 맺고 수확을 한다는 생각을 하니 가슴이 벅차오릅니다. 요새는 비를 철철 맞으며 심은 옥수수 소출이 제법입니다. 아침밥을 하다가 옥수수 서너 개를 따서 밥 위에다 얹어놓고서, 밥 먹고 나서 못생겼지만 고소한 옥수수 하나씩 맛볼 수 있는 기쁨을 누리고 있지요. 그 못생긴 옥수수가 아까워 한알 한알 아껴가며 입속에 넣고 조근조근 씹어먹습니다.

예전에 시장에 나가 뚝뚝한 옥수수 한 봉지를 사다가 무슨 맛인지도 모르고 씹어먹던 날들이 떠오릅니다. 그때는 왜 그토록 서러움이 많았던지 시장에서 사카린 넣고 찐 뚝뚝한 옥수수를 한 보따리 사다가 방바닥에 부려놓고 씹어먹으면서 눈물을 뚝뚝 떨구었지요. 퍽퍽한 고구마를 사다 무르팍 위에다 놓고 앉아 물도 없이 먹어대면서도 울었습니다. 눈에 눈물이 열렸던 게지요. 바퀴벌레가 창궐하는 속에 다리 뻗고 앉아 그 미물들과 씨름을 하며 통곡한 적도 있습니다.

이곳에 와서 그 많던 눈물들이 조금씩 조금씩 거두어졌습니다. 사람 갈증도 사그라졌습니다. 바람이 없으면 그토록 고요함으로, 바람이 불면 또 그토록 고요한 아름다움으로 생애의 한때를 보내고 있는 깨꽃처럼 나 또한 조금 더 고요해지고 조금 더 아름다운 사람이 되고 싶다는 소망 하나 풀어봅니다. 그런 소망의 끝에 풍성한 열매 하나 맺을 수 있기를 기원하기도 하고요.

이 저녁 오랜만에 계절이 바뀌고 계절이 오는 소리를 듣습니다. 밤에도 울어쌓던 매미 소리가 그치고 이제 귀뚜라미 소리가 들립니다. 가만히 귀기울이면 여치, 쓰르라미 소리도 희미하게 묻어나옵니다. 그런 소리들이 있는 밤, 따스한 차 한잔을 마시며 풀어헤쳐진 마음의 갈피들을 정리해보는 것입니다. 저토록 다정한 기미들, 한 계절이 물러가고 한 계절이 다가오는 기미들, 그 계절의 소리들, 그토록 다정한 소리들이 나를 위무해주고 있습니다.

나는 이제야 내게 편지를 보내온 독자들에게 답장을 쓸 수 있을 것 같습니다. 어디 독자의 편지뿐이겠습니까. 이제 더이상은 퍽퍽한 고구마를 먹으며 계절이 뒤바뀌고 있는 저녁에 나 홀로 등 돌리고 앉아 서러워할 일은 없을 것입니다. 바퀴벌레들을 살상해놓고, 그 무서운 적의로 온밤을 통곡할 일도 이제 더이상은 없을 것입니다. 무난하게 해결할 일도 스스로 어렵게 만들어놓고 후회하는 바보짓도 삼갈 것입니다.

나를 혼돈에 빠뜨렸던 그 모든 기억들을 마음의 갈피 속에서 그렇듯 정리해봅니다. 하면 이제 내게는 온전히 고요에의 소망과 아름다움에의 기원만이 남아 있는 것일까요. 알 수 없는 일이지요. 악령은 때로 우리 영혼 속을 예고없이 덮치니까요. 그런 악령까지도 나는 지금 담담하게 받아들이고 싶은 것이 아무래도 저토록 다정한 계절의 기미들 때문일까요. 지금 이 순간 자연은 맨몸이지만 거대하고 당당하군요.

마른 풀더미에 촉을 틔운 마늘꽃을 보며

봄이 오는 길목이다. 황량한 수풀더미를 헤쳐보면 거기 노랗게 싹이 트고 있는 봄풀들이 있다. 지난겨울의 모진 추위에도 그 여린 생명은 끝내 살아서 이 봄 그 싹을 세상에 내미는 것이다.

우리 꽃만 파는 꽃집엘 갔다. 사계절 내내 화려하고 무성한 온실의 서양꽃에 비해 아직은 겨울이라 꽃을 피우지 못하고, 그 여린 싹만 조금씩 내밀고 있는 그 모습이 사람의 마음을 한없이 감동시키고도 남음이 있다. 예쁘기로는 수줍고 겸손한 시골 색시 같기도 하고, 그 생명력으로는 웅혼하고 강건한 사나이의 기상을 닮은 우리 꽃들, 할미꽃 제비꽃 쑥부쟁이 패랭이꽃 노루귀.

계절의 순환을 따르는 삶, 우주의 원리를 거스르지 않는 삶은 아름답다. 그것은 꽃이나 사람이나 마찬가지다. 그러나 삶의 가치 척도가 거의 돈이 되어버린 세상에서는 계절의 순환을 따른다거나 우주의 원리를 거스르지 않는 삶의 방식은 폐기처분되기 십상이다.

한겨울에도 싱싱한 오이와 상추와 딸기가 올라 있는 음식상을 바라보며 나는 불쾌감과 아울러 공포감을 느낀다. 한여름 먹을 거리인 오이가 한겨울에 생산되는 것은 모두 돈 때문이다. 한여름에 나는 먹을 거리를 한겨울에도 먹고자 하는 사람들 때문이다.

사람들은 이제 돈이면 못하는 것도, 마다하는 것도 없게 되고 말았다. 한여름 먹을 거리, 한여름 볼 거리, 한여름 놀 거리들을 돈만 들이면 한겨울에도 얼마든지 먹고 보고 즐길 수 있는 세상이 되어버렸다. 가을꽃인 국화, 여름꽃인 장미는 사철 언제든 볼 수 있고 한여름에나 하는 줄 알았던 수영을 사철 즐길 수 있게 되었다.

사람들은 이제 절대로 기다리지 않는다. 기다리는 대신 돈으로 사버리면 되는 것이다. 더위가 오기 전에 미리 더위를 돈으로 사서 즐기다가 막상 더위가 오면 또 추위를 돈 주고 사는 것이다.

사람들은 기다리지 않고 받아들이지도 않는다. 계절을 기다리지 않고, 사랑을 기다리지 않고, 세월을 받아들이지 않는다. 어떡하든 나이보다 젊은 모습을 지니고자 애쓴다. 늙었다는 말을 듣기 싫어한다. 듣기 싫어할 수밖에 없는 사회 분위기가 조장되고 있다. 젊음의 찬가는 소리 높이 불려져도 늙음을 찬미하는 노래는 없다. 나이 먹는 것이 부끄러운 세상이 되어버렸다. 나이보다 젊어 보인다는 말은 칭찬일 수 있어도 늙어 보인다는 말은 욕이 된다.

늙음이 욕이 되는 것이 어찌 도회지에서뿐이겠는가. 전통적인 생활방식은 이제 거의 사라졌다고 해도 좋을 우리 농촌, 그곳에서의 늙음도 이제 더이상 추앙의 대상이 아니다. 농촌에서의 늙음은 노동력의

상실이자 고독을 뜻한다. 크나큰 집에 노인 혼자 어슬렁거리다가 까치 울면 마음 설레다가 달이 뜨면 마루끝에 앉아 무연하게 달만 쳐다보다가 잠자리에 드는 게 농촌의 혼자 사는 노인의 하루다.

시골 마을들은 이제 자연스럽게 천연의 실버타운이 되어버렸다. 지난겨울 자식들이 다 떠난 커다란 집에 홀로 살던 노인이 세상을 떠났다. 초상을 치른 자식들은 대문을 열쇠로 잠가놓고 다시 도시로 갔다. 이제 그 집은 빈집이 되었다.

자연의 순환을 거스르는 삶의 방식에서는 식물이나 동물이나, 짐승이나 사람이나 어느 특정한 시기의 삶, 다름아닌 생명력이 가장 왕성한 때에 경제적인 이익을 가장 많이 낼 수 있고, 그 순간만이 선택될 뿐이다. 나머지 시기는 버려진다. 나머지는 더이상 효용가치가 없거나 떨어지기 때문이다. 모든 것이 경제적인 잣대로 평가되고 나에게 이득을 가져다주는 것만이 가장 중요하다.

사람은 결국 '경제 동물'에 지나지 않는가. 아니면 자본주의사회의 삶의 방식일 따름인가. 이제 막 촉을 틔우기 시작한 마늘꽃 노란 줄기──그것은 영락없이 병아리의 작고 뾰족한 부리를 닮았다──를 바라보며 이것저것 생각하는 게 많아진다. 그런데 왜 이토록 부정적이고 유쾌하지 못한 쪽으로만 생각의 실마리가 풀리고 있는가.

우리집에서 빤히 바라보이는 곳에 밤에도 불빛을 휘황하게 밝혀놓아야 한다는 종계장이 있다. 목장이나 종계장이 마을 근처에 있다는 것은 그래도 그 마을에 젊은 사람이 살고 있다는 표증이라 반갑기도 하지마는, 계사를 바라볼 적마다 늘 마음에 걸리는 것은 과연 저렇게 많은 닭을 기르는데도 닭이나 사람한테 아무 탈이 없을까, 하는 점 때문이다. 광우병이 생긴 것은 다름아닌 지나친 집단사육과 사료 때문이라지 않는가.

닭이란 그저 일년에 서너 번 명절이나 제사 때 먹으면 그만이었다. 어쩌다 한여름 더위에 허해진 기력을 보충하느라 삼계탕 정도나 해 먹으면 충분하던 것을 무슨무슨 치킨이니, 무슨무슨 통닭이니 하여 서양에서 들어온 요리법에 맞게 닭을 대려니 대량사육이 불가피할 수밖에 없는 현실이 안타깝고 공포스럽지 않을 수 없다.

자연의 순환 원리에 따르는 삶이란 생각해보면 간단하다. 전통의 방식대로 살면 그만인 것이다. 요즘 세상에 전통의 생활방식이라니 한다면, 더 간단히 생각해서 먹을 거리를 적게 먹고 입을 거리를 소박하게 입고 살면 되는 것이다. 인간의 욕망 중에 식욕이란 다름아닌 장수에의 욕망이다. 몸에 좋다는 것은 뭐든 가리지 않고 먹어대는 그 왕성한 삶에의 의지가 가상하나 그처럼 가엾고 어리석은 모습이 또 있을까.

시골에 이사와서 우리집 꼬마애들한테 한 일년 반 동안 가게에서 파는 과자를 사주지 않았다. 옷도 사주지 않았다. 신발도 사주지 않고 사준 것이라곤 학용품, 그것도 최소한의 품목(공책과 연필 정도)만 사주고 나서 눈 딱 감아버렸다. 처음에는 아우성들이었다. 어쩌다 손님이 인사로 사들고 오는 맛난 것들(맛난 것이라 함은 필시 단것이다)도 야무지게 숨겨놓고 어쩌다 가끔 그야말로 무슨 칭찬할 일이 생길 때 조금씩 내주었다.

도시에 살 때, 그러니까 돈만 있으면 저희들이 마음대로 사먹을 수 있는 과잣집이 가까이 있는 곳에 살 때는, 그래서 늘 집에 과자가 굴러다니다시피 할 때는 아무리 맛난 것을 사줘도 맛난 줄 모르던 아이들이 한 일년 반 동안 입을 씻어놨더니 잃어버렸던 입맛들이 제대로 살아났다. 세상에 맛있는 것들이 널려 있는데도 노상, 엄마 맛있는 것 해줘, 해쌓던 아이들이 이제 고물장수에게서 산 엿 한가락을 반으로 툭 분질러주면 그렇게 맛있게 먹을 수가 없다. 예전에는 밥때마다 밥 한숟가락이라도 더 먹으라고 노래를 불렀는데 지금은 순식간에 밥 한그릇씩을 비워낸다. 이 세상에는 단것만 맛있는 게 아니고, 짜고 맵고 떫고 신 것들도 얼마든지 고유의 맛을 지니고 있음을 알게 된 것이다.

귀해야 귀한 줄 안다. 귀해서 귀한 줄 알아야지 돈이 되어서 귀한 것이 아니어야 한다. 한겨울에도 푸르디푸른 오이를 볼 수 있는데 한여름의 푸른 오이에 무슨 감동이 있겠는가.

요즘은 아무리 노인 혼자 사는 집이라고 해도 개 서너 마리, 흑염소 두어 마리 정도는 키우는 집이 많아졌다. 고기를 못 먹고 산 것에 대한 한풀이라도 하듯 무슨무슨 가든, 무슨무슨 산장 들에서 돼지고기, 한우고기 요리들을 먹고도 직성이 안 풀리는지 개소주, 흑염소고(膏, 한약재를 넣고 흑염소 고기의 즙을 짜낸 것이다) 들을 내어 먹기 때문이다. '개나 염소 삽니다' 하고 하루에도 몇번씩 그것들을 사러 오는 차가 마을에 들어와서는 확성기를 틀어댄다.

고기에 대한 이 한없는 식욕들에 안타까워하면서도 공포감을 느끼는 이유는 그것의 수요에 따른 공급의 과정 때문이다. 무엇이든 대량생산과 속성생산에는 비정상적인 방법이 동원되기가 훨씬 쉽기 때문이다.

정말 나를 귀하게 여기면 타인도 귀하게 여기는 법이다. 타인을 귀하게 여기다보면 나도 귀해지는 법이나, 사람이 많아지고 사람보다는 돈이 우선시되는 사회풍조 속에서는 나도 타인도 절대로 귀하게 여겨지지 않는 법. 사람이 귀하지 않은데 풀 한포기 꽃 한송이가 어찌 귀할 수 있으며 사람의 움직임이 고귀하지 않은데 꽃눈 하나 틔우는 것이 어찌 감동을 자아낼 수 있을 것인가.

아랫집은 소를 많이 키운다. 한우는 한우인데 일을 할 줄 모르는 한우다. 목에 소방울도 달지 않고 코뚜레도 하지 않은 순전히 고기용으로 팔릴 소이다. 윗집에는 암소가 있다. 송아지를 낳게 하기 위하여 교미를 시키는데 사람이 인공수정을 시킨다. 인공수정을 당하는 암소의 커다란 눈에 고통의 눈물이 어린다. 아직 할 일이 있던 시절의 소들은 행복했었다. 적어도 인공수정의 수모는 당하지 않았으니까.

소에게 인공수정을 시키고 닭에게 항생제 친 사료를 먹이고 꼭 그렇게 해서 사람이 살아야 하는가. 그런 고기를 먹은 사람의 몸들은 차치하고라도 마음들은 어떻게 할 것인가.

시장에서 사료만 먹여 키운 개를 사왔는데 원래 집에서 기르던 닭과 친교를 맺지 못하여 결국은 닭을 물어뜯어 죽여버렸다. 할 수 없이 그 개를 팔고 암수 강아지 두 마리를 사와서 키우다 새끼를 낳았다. 물론 집에서 사람이 먹는 음식 찌꺼기를 먹을 것으로 줬다. 그 새끼 강아지는 닭과 함께 자라면서 같은 동물들끼리 살붙이를 이루어 정답게 어울린다.

무엇을 먹고 어떻게 사느냐에 따라서 사람의 심성도 달라진다고 한다. 온갖 화학약품으로, 인공색소로 치장된 먹거리를 먹은 사람의 심성이 꼭 독소 품은 그 화학약품처럼, 겉치장만 할 줄 아는 사람이 되지는 않을 것인지. 진실한 마음보다 화려한 외면을 더 중시하는 사람이 되지는 않을 것인지.

그러나 정말로 내 마음을 아프게 하는 것은, 정말로 근심이 되는 것은 화학약품을 쳐야만 돈벌이가 되는 상황 자체이다. 사람과의 관계도 진실보다는 거짓이 더 잘 통하게 될까 두렵다.

지난여름 고추에 농약을 치고 있는 이웃 할머니에게 농약을 치면 땅도 죽고 사람도 죽는데 왜 농약을 치느냐고 했더니, 할머니는 요즘 농약 안 치면 아무것도 나오지 않는데 그럼 어떡하느냐고 하신다. 돈은 고사하고 나 먹을 거리도 건지지 못한다고 하시면서. 사람들이 농약 친 고추를 먹어야 하는 상황보다도 농약을 치지 않고는 도리가 없는 현실이 절망스럽기만 하다.

이 봄이 오는 길목에, 아직 삭풍에 빈 나뭇가지가 흔들리고 때로는 눈발조차 흩날리지만 분명 봄이 오는 소리가 어디선가 나고 있는 오늘, 마른 풀더미 속을 가만 헤치고 촉을 틔운 마늘꽃을 보며 이런저런 근심과 함께 그럼에도 품어야 할 희망에 대하여 생각해본다. 거창한 것도 아니고 그저 내가 사는 입장에 대하여 생각하는 데도 이렇게 힘이 든다. 저 마늘꽃이 그 촉을 세상에 내미는 것도 그렇게 힘이 들까. 어쨌거나 힘들여 살 일이다.

잔치마당

동네에 환갑잔치가 열렸다. 온 동네 아주머니들이 이틀 전부터 환갑집 음식 준비를 하느라고 분주하다. 나도 계란 한 판을 사들고 가 부조를 하였다. 우리 동네에서는 뉘 집에 큰일이 생기면 계란으로 먼저 부조를 하는 관습이 남아 있다. 갓난이가 있다고 낼 와서 먹어주는 게 도와주는 거라고 아주머니들이 말리는데도 나는 그저 아주머니들 음식 준비하는 그 분위기가 좋아 이곳저곳 구경을 하였다. 마당에 덕석을 깔고 앉아 부침개를 부치는 걸 옆에서 지켜보다가 한입 얻어먹기도 하고 쿵쿵 떡방아도 찧어보고 약과도 튀겨보고. 그런 분위기, 잔치 당일보다 잔칫날 쓸 음식 만드는 날 분위기가 나는 더 좋았다. 그런 분위기를 뭐라고 해야 하나. 거기에는 어떤 따스한 느낌이 있다. 따스함뿐인가, 설렘도 있다. 부산하게 나대는 아주머니들의 치맛자락에서 묻어나오는 윤택하고 다정하고 풍성한 분위기, 나는 그것을 좋아한다. 옛날에도 그랬다. 설날 당일보다 설 전날의 뭔가 술렁이는 것 같은 그 느낌이 나는 더 좋았다. 음식 냄새를 많이 맡아 먹지 않아도 배부른 그런 느낌.

환갑잔치가 벌어지는 날, 북적이는 손님들 속에서 환갑을 맞은 두 양주가 각각 동네 사람들이 꾸민 화관과 사모관대를 쓰고 결혼식을 하였다. 사회를 보는 사람의 익살에 마당에는 한바탕 우꾼하게 웃음꽃이 피었다. 영화 「서편제」를 보면 환갑잔치 마당에서 소리꾼이 판소리를 하는 장면이 나온다. 시대는 달라 이제 소리꾼이 아닌, 신식 노래를 틀어주는 '밴드'를 가져와 틀어주고 전기오르간으로 연주를 해주는 사람이 초청되어 왔지만 어쨌거나 흥겨운 자리임에는 틀림없고 온 동네 잔치임에는 틀림없다. 잔치마당에서 노는 동네 사람들을 보면 우리 민족이 예부터 음주가무를 즐기는 민족성을 지녔다는 말이 틀린 말은 아닌 것이 분명하다. 평소에 그렇게 얌전한 줄로만 알았던 옆집 아주머니나 앞집 아저씨도 마이크를 갖다대건 말건 노래 노래를 부르고 특유의 몸짓으로 춤을 추는 모습을 보며 나와 우리집 갓난이도 덩달아 그 판에 끼여들게 되었다.

시골 사람들이 노는 모습을 보면, 아, 논다는 건 바로 저거야 하는 감탄사가 절로 나온다. 그것은 바로 모두 다 함께 노는 것이다. 말 그대로 모두 다 함께 '차차차' 하는 것이다. 노는 사람 따로 있고 보는 사람 따로 있는 것이 아니다. 관객을 앞에 두고 재주자랑 하는 것이 아니다. 언젠가 서울에서 국악 공연을 하는 소극장에 간 적이 있다. 무대에서는 그토록 신명나게 사물놀이판이 돌아가고 있건만 관객들은 그저 객석에 앉아서 박수나 치는 걸로 '노는 것'을 대신하고 있었다. 그것은 그저 '바라보는 것' 이상 아무것도 아니었다. 그러나 시골의 잔치

마당은 다른 것이다. 그야말로 노는 곳이 마당이 되는 것이다. 그리고 저절로 노는 마당에 끼여들게 되고 그러다보면 내 어깨며 팔이 내 의지와는 상관없이 제 알아서 움직거려지는 것이다.

　모두 다 함께 음식을 장만하여 모두 다 함께 그 음식을 나눠먹으며 모두 다 함께 놀다가 모두 다 함께 판을 정리하고 그러고 나서 또 모두 다 함께 일을 하는, 일이 놀이가 되고 놀이가 일이 되는 그 자연스런 구조가 그래도 아직은 우리 농촌에 살아 있는 것을 보게 되었다. 나는 그것이 즐거웠다. 아직 그런 문화가, 모두 다 함께하는 문화가 살아 있음에 나는 눈물나게 고맙고 즐거웠다. 그러면서 한편으로 불안하고 서글픈 것은 이담에 우리 나이의 사람들이 환갑잔치를 치를 때 그때도 과연 이런 놀이문화가, 일과 놀이를 다 함께하는 이런 문화가 살아 있을 것인가 하는 염려 때문이었다. 사람들은 이제 갈수록 마당에서 놀지 않고 방에서만 놀려고 한다. 방에서 놀아도 다 함께 놀지 않고 혼자서만 놀려고 한다. 혹시 내가 노는 판에 남이 끼여들까봐 경계나 하지 않으면 다행이다. 놀이마당이 생겨났다고 가보면 기껏 몇몇 재주있는 사람들이 나와서 재주자랑 하고 다른 이들은 그저 바라보는 것으로 노는 것을 대신한다. 노는 것이 그러한데 일인들 오죽하랴. 모두 다 함께 놀고 모두 다 함께 일하는 구조에서는 내 일 네 일 따로 없다. 그러나 이제 내 놀이가 따로 있고 내 일이 따로 있다. 내 놀이에 너를 끼워주지 않고 내 일에 당신을 참여시키지 않는다. 모두모두 혼자 놀고 모두모두 혼자 일한다. 가늠할 수 없는 절연감, 고독감이 생겨날 수밖에 없는 현대인의 생활에 나는 체질적으로 맞지 않아서 이곳 시골로 이사를 오게 되었는지도 모른다. 그렇지만 이제 시골도

주류를 이루고 있는 중노년층 세대 이후에는 어찌될지 알 수가 없다. 우리 민족이 살아왔던 오랜 생활방식이 이다지도 빠른 시일 안에 버려지는 현실 앞에 나는 때로 절망감을 느낀다.

한쪽에서는 동네 아주머니들이 준비한 잔칫상이 펼쳐져 있고 한쪽에서는 가마 대신 사다리를 탄 신부와 사모관대 대신 시장바구니를 뒤집어쓴 늙은 신랑의 엄숙한 표정에 다들 배꼽을 잡는, 1998년 남도의 한 시골 환갑 잔칫집 풍경이 한 컷의 따뜻하고 서글픈 흑백사진 같다. 그래도 나는 우리집 아이들에게 이런 풍경이나마 보여주고 있는 것이 참 다행이다 싶다. 우리집 아이들은 이담에 커서 따뜻한 풍경의 하나로 오늘의 이 환갑잔치 마당을 떠올릴 수 있지 않겠는가. 세상의 많은 따뜻한 모습 중의 하나인 잔치마당의 따뜻함과 설렘을, 그 잔치마당에 일렁이던 순박한 사람들의 정겨운 웃음소리를 기억 속에 저장시켜주는 일, 우리 아이들에게 나는 그런 것을 해주고 싶다.

툇마루에 놓인 홍시 두 개

올 겨울은 엘니뇨 다음에 오기 마련인 라니냐의 영향으로 추울 거라던 일기예보와는 정반대로 따뜻하기 그지없는 겨울이 계속되고 있다. 내가 살고 있는 이곳 남도땅에서는 그야말로 눈다운 눈을 구경하지도 못하고 겨울이 다 가는 것이 아닌가 하는 불안감마저 엄습한다. 그러나 한편으로는 그러잖아도 IMF 한파다 뭐다 해서 사람들 마음이 움츠러들어 있는데 날씨마저 추우면 어떡하느냐는 목소리도 들려온다. 딴은 그렇기도 하다. 원칙적으로 말한다면 여름은 더워야 하고 겨울은 추워야 할 것이지마는 사람살이를 생각하면 겨울이 이렇게 따뜻한 것이 그래도 다행이란 생각도 든다. 더구나 노숙자들을 생각하면. 그래도 근본적 불안감은 떨칠 수 없다. 사람살이야 그렇더라도 계절은 계절다워야 하는 것이 정상 아니겠는가. 봄은 따뜻해야 하고 여름은 더워야 하고 가을은 서늘해야 하며 겨울은 추워야 하지 않겠는가.

겨울 들판으로 나서본다. 들판은 텅 비어 있다. 작년에는 그나마 보리라도 심어지던 논들이 올해는 그야말로 텅 비어 있다. 왜 보리를 심지 않느냐고 농부들더러 물었더니 보리를 심어봤자 인건비도 나오지 않는데 뭐 하러 고생을 하느냐고 반문한다. 그럴 때마다 말문이 막힐 뿐더러 가슴마저 답답해진다. 그 말은 맞는 말이다. 사람이 뭔가 자신의 힘을 들여 노동을 하는 것에 그 대가가 따라줘야 하는 것은 당연지사다. 그러나 이제 농사일이란 노력한 만큼의 대가는커녕 농사를 지으면 지을수록 빚만 늘어나는 식이 되어버렸다.

겨울이 되어 특별히 할 일이 없는 시골에서는 겨울에 유난히 대사들을 많이 치른다. 일주일에 한 번씩 일요일마다 동네에 결혼식이 있어 사람들은 이제 도시에서 치러지는 결혼식에 참석하러 일요일마다 외출을 한다. 왜냐하면 결혼을 하는 당사자들이 고향을 떠난 지 오래되어 제 살고 있는 도시에서 도시식대로 결혼식을 치르기 때문이다. 고향의 어른들은 거기에 맞추어 혼주들이 장만한 관광버스를 타고 일주일에 한 번씩 도시 구경을 하게 되는 것이다. 들판을 거닐다가 결혼식에 갔다오는 어른들과 마주친다. 한 마을에 살면서 참석하지 못함이 나 자신에게도 늘 유감이다. 하지만 결혼식이 마을 안에서 펼쳐졌더라면 나는 틀림없이 참석했을 것이다. 선물꾸러미를 들고 마을 위로 올라가는 울긋불긋한 차림의 어른들을 바라보다가 그 어른들에 뒤처져 혼자 걸어오고 있는 문화재할머니(돌실낳이라 이름붙은 삼베 짜는 기능이 문화재로 지정되었는데, 그 베를 짜는 할머니다)를 만났다.

결혼식에 참석하고 오시냐고 물었더니 그게 아니란다. 자신은 부조할 돈이 없어 뉘 집에 혼사가 있어도 참석도 못하고 동네 사람 얼굴

마주치기 창피해서 이렇게 뒤처져 걸어오고 있는 중이란다.

저녁을 먹고 밤에 할머니가 마음에 걸려 할머니가 살고 있는 문화재 집으로 아이를 업고 마실을 갔다. 팔십이 훨씬 넘은 노인이 눈이 어두운데도 전기 아낀다고 불도 켜지 않은 속에서 혼자 우두커니 앉아 있다. 손님이 왔다고 그 아까운 전기를 밝히시는 게 내 쪽에서 오히려 미안해진다. 그리고 밤이 이슥하도록 나는 할머니 애기를 들었다. 열여섯에 친정어머니한테 이끌려서 뭣도 모르고 결혼을 하여 팔십이 넘은 지금까지 길쌈을 해오신 할머니다. 그 할머니가 자신의 할머니 애기를 해주셨다. 할머니가 팔십이 넘었으니 할머니의 어머니는 생존해 계시면 백살이 넘었을 것이고 할머니가 말씀하시는 할머니의 할머니는 백이십살도 넘었을 텐데, 그 옛날 사람 이야기를 나는 그렇게 실감나게 들을 수가 있었다. 왜 그럴까. 왜 옛날 사람 애기를 들으면 나는 그렇게 흥분되는 것일까. 지금 살아 있는 사람의 입을 통해서 듣는 생생한 한 세기 전의 이야기들 속으로 나는 정신없이 빨려들어 갔다. 그 이야기 속에서 '토종 조선사람'의 숨결이 느껴졌다. 내가 그렇게도 갈구하는 원형으로서의 평화 같은 것이 할머니가 얘기하는 사람들의 삶속에서 느껴졌다.

도시에서도 그렇지만 시골에서도 노인은 외롭다. 외로운 노인에게 다가가 자꾸 말을 걸어보라. 그러면 마음을 따뜻하게 해주는 보물 같은 이야기들을 들을 수 있을 것이다. 도대체 그 이야기들이 우리 삶에, 이렇게 바쁘고 복잡한 현대인의 삶에 무슨 도움이 얼마나 되겠느냐고 치부해버린다면 나는 할말이 없다. 그러나 아주 작은 어린아이의 말에서 의외의 기쁨을 발견하고 늙고 이제는 힘없는 노인을 통해서 어떤 따스함을 느낄 수 있는 사람이라면 그 사람은 정말로 복받은 사람이라고 생각한다. 모름지기 윤택하고 풍족한 무리를 떠나 호젓하게 혼자 있는 사람 곁으로 다가서보라. 거기에서 마음 맑아지는 평화를 얻을 수 있을 것이다.

닷새장날, 동네 아주머니들 대부분이 장보따리를 들고 장에 가고 없는 텅 빈 골목에 문화재할머니 혼자 바쁘게 왔다갔다하신다. 뭐 하시냐고 물으니 무엇인가 비닐에 싼 것을 남이 볼세라 여미고 있다. 그 것이 무엇이냐고 물으니 자꾸만 창피하다고 보여주지 않으려 한다. 내가 짓궂게 자꾸 보려고 하자 감이라고 실토를 하신다. 가을에 딴 감이 알맞게 익어 혼자 먹기 아까워 구십 먹은 노인 집에 갖다주려고 보니 그 집 며느리가 아직 장에 가지 않아 도로 오는 길이라며 얼굴을 붉히신다. 그 집에 감 많아요 할머니, 했더니 얼굴이 더 붉어지시며 그래 그래, 했다. 그래놓고도 할머니는 기어코 구십 먹은 할머니 집 며느리가 장에 가길 기다려 그 집 할머니 방 툇마루에 홍시 두 개를 살짝 놓고 나오셨다. 나는 그것을 장에 가다 못 본 척 보았다. 따뜻한 겨울이 불안하다고? 이제 그 불안감은 잠시 유보해두겠다. 사람살이든 계절이든 따뜻한 것이 좋기는 좋은 거니까.

나락을 묶으며

　남쪽 지방에 태풍 예니가 불면서 일년내 땀흘려 지은 나락들이 몽땅 쓰러져버렸다. 앞집에 사는 장골댁 아주머니 내외는 노란 비옷에 장화를 신고 쓰러진 나락을 묶으러 나간다. 투명한 가을 햇볕에 그야말로 황금물결을 이루던 나락들이 아직 물이 빠지지 않은 논바닥에 쓰러져 잿빛으로 썩어가고 있다. 그것을 바라보는 농부들 가슴에 한숨이 지나간다. 왜 안 그렇겠는가. 농부들에게 곡식이란 이녁 자식과 같이 소중한 것을. 우리집 갓난이를 면소재지에 있는 어린이집에 보내놓고 돌아오는 길에 그냥 지나칠 수가 없어서 나도 장골댁네 논으로 들어서서 쓰러진 나락 포기를 묶는다. 장골댁 아주머니는 극구 말리지만 나는 도저히 내 집으로 그냥 들어가버릴 수가 없었다. 그들의 땀흘림에 이런 식으로라도 동참을 하고 나야 올 겨울 내 입속에 조금이라도 편한 마음으로 밥숟가락을 넣을 수가 있을 것 같아서였다. 자꾸 미안해하는 장골댁 아주머니한테 나는 "다 저 편하자고 그러는 거니까 너무 신경쓰지 마세요" 했다.

태풍에 쓰러지는 곡식들이 어디 나락뿐이겠는가. 아랫집에 사는 후동댁네는 오직 감농사로 일년을 사는 분들인데 감을 수확하기도 전에 몽땅 떨어져버려서 어젯밤 후동댁 아주머니가 골목에 나와 울고 있는 것을 보았다. 그 아주머니는 지난번 길 가녁 밭에 수수농사를 지어놓았는데 누군가가 수수 모가지를 다 잘라가버렸다고 윗집에 사는 나한테 와서도 눈물바람을 한 적이 있었다. 후동댁 아주머니한테는 생계가 달린 곡식들인데 그것을 따가버린 사람에게는 과연 그 수수 모가지가 무엇이었을까.

나는 농촌에 살지만 논밭이 없어서 본격적인 농사는 짓지 못하고 그저 텃밭 농사나 짓고 있는데 그마저도 힘에 부쳐 풀들이 우북하기만 하다. 내 텃밭 농사가 왜 그리 부실할 수밖에 없을까. 곰곰이 생각해보니 내가 하는 그것은 장골댁네의 논농사나 후동댁네의 밭농사처럼 농사짓는 그 자체가 내 생계 문제로 곧바로 연결되지는 않기 때문인 듯하다. 말하자면 나는 굳이 농사를 짓지 않아도 먹고살 다른 방편, 글쓰는 일이 있기 때문이다. 그렇다면 나는 내 생계를 지탱시켜주는 '글쓰는 일'을 농사짓는 농부들처럼 땀 흘려, 애를 써서 하고 있는가. 작가로서 산 지난 일년, 봄 여름 가을을 떠올려본다. 내가 애써 글을 썼는데 그 글이 내게 밥을 가져다주지 못하는 일이 생겼을 때 나도 후동댁 아주머니처럼 눈물바람을 하게 되지 않을까.

쓰러진 나락을 묶어나가며 나 자신의 생활을 되돌아보게 된다. 볏잎에 할퀸 얼굴이 쓰라리고 양발은 진흙 속에 푹푹 빠져 한 걸음을 옮기는 것조차 힘겹다. 그래도 그렇게 벼를 세워놓아야 햇볕 나는 날 그

햇볕을 조금이라도 더 받아서 나락알이 여물 수가 있다. 나는 결국 장 골댁 아주머니네 나락 묶어주는 일을 해주느라 내 밥벌이인 글쓰는 일을 하지 못하고 말았지만 뭔가 더 큰 것을 얻은 것같이 마음이 뿌듯 해져온다.

농촌에 살지만 내가 자발적으로 논에 들어가지 않는 한 내게 가을 은 그저 '아름답고 풍요로운 계절'일 뿐이었을 것이다. 그 아름다움과 그 풍요의 이면에 누군가의 수고가, 누군가의 땀흘림이, 누군가의 눈 물이 숨어 있어서 내가 가을의 아름다움과 풍요를 즐길 수 있다는 사 실을 나는 모르고 지났을지도 모른다.

이제, 앞집 할머니가 푸성귀 한 소쿠리를 가져다줘도 나는 그것을 그저 그렇거니, 하고 받을 수가 없다. 그 푸성귀 한잎 기르는 데 얼마 만한 노동이 숨어 있는지를 아는 터이다. 도시에서의 생활은 물론이 겠거니와 시골에 살아도 내가 자발적으로, 기꺼이 다른 사람의 수고 에 동참해보고 나서야 얼마나 다른 이의 수고에 나를 얹어놓고 살고 있는지 깨닫게 되는 것 같다.

후동댁 아주머니가 태풍에 떨어진 감을 한 소쿠리 가져다 우리집 마루에 슬그머니 놓고 간다. 마루에 그득한 감을 우리집 아이들이 단 부분만 베어먹다 던져버린다. 아무리 못 쓰게 된 감이지만 나는 함부 로 버릴 수가 없어서 아이들을 야단쳐놓고 그것을 항아리에 담아서 감식초를 만든다. 식초가 다 되면 후동댁 아주머니에게 갖다드려야지.

도회에서 온 내 친구들이 골목에 휘늘어진 감나무의 감들을 보고 감탄사를 연발한다. 그럴 때 나는 내 친구들이 감탄하는 그 감에 후동 댁 아주머니는 한숨짓고 있다는 것을 차마 말하지 못한다. 다만 감탄의 이면에 누군가의 한숨도 있다는 것을, 이 세상의 마냥 좋은 것들이 그저 그렇게 '마냥 좋을 수만'은 없다는 사실을 알았을 때 우리는 이제 이 세상이 나 혼자만의 세상이 아니라는 그 조그마한 깨달음을 얻는 것이 아닐까. 우리가 타인의 한숨 소리에 귀기울이게 될 때, 타인의 수고로움에 작은 연대를 할 때, 그럴 때 세상은 정말로 아름다워지고 풍요로워지지 않을까.

강가의 자운영 꽃밭에 몸을 던져놓고 노래 불러봅니다.

즐거이 노래 부를수록 왜 마음은 하염없이 슬퍼지고 눈물이 샘솟는지 모르겠습니다.

자운영 꽃밭이 너무 아름다워서일까요?

아이들에게 눈물 보이는 게 쑥스러워 꽃무더기 속에 얼굴을 묻어버렸습니다.

나 죽어 없어지면, 그때 우리 아이들도 자운영 꽃밭에 얼굴을 묻고 제 아이들 몰래 울까 모르겠습니다.

제 엄마 자운영 꽃밭에 얼굴 묻고 울던 때가 생각나 그렇게 울까 모르겠습니다.

2 ▶
어린 사랑

붉은 열매 나무를 심으며

　사람이 그리울 만큼의 거리에 떨어져 살면서 나는 나무를 심습니다. 터질 듯 부풀어오르던 생의 한때는 지금 아득합니다. 그러나 나는 알지 못합니다. 다만 그 잎을 다 떨구어낸 나무의 모습만이 내 앞에 있습니다. 앙상한 저 나무에게도 어느 한때 은성하던 계절이 있었다는 사실을 나는 망각합니다. 나무는 수척할 대로 수척합니다. 회색의 마른 가지는 금방이라도 툭툭 부러질 것 같습니다. 실지로도 그렇습니다.

　나무는 산수유나무입니다. 구례 산동에 친구가 살고 있습니다. 지난 봄 그 친구 집에 놀러 갔다가 나는 그만 의식이 몽롱해지고 말았습니다. 아, 그 눈부신 노랑의 꽃구름이라니. 마을은 온통 노란 산수유꽃으로 뒤덮여 있었습니다. 그 부신 노랑의 꽃구름 위로 이제 막 활동을 개시한 꿀벌들이 윙윙거렸습니다. 그날, 나는 사는 게 이런 것이구나, 싶어졌습니다. 온전한 세상이란 게 이런 것이구나! 원래 세상은 다들

이렇게 처음에는, 그렇습니다, 처음에는 이상향이었을 겝니다. 우리가 굳이 꿈꾸지 않아도 눈앞에 펼쳐진 세상이 말이지요. 꽃이 있는 세상은 참 좋습니다. 나무가 있고 꿀벌이 있고 거기 만족하며 욕심없는 사람들이 깃들여 사는 모습이란 이상향이 아니고 무엇이겠습니까. 노란 꽃이 다 떨어져내리면 산수유나무는 무성한 이파리를 뒤집어씁니다. 그래요, 온 마을이 사정없이 산수유 이파리를 뒤집어씁니다. 봄에 노랗게 밝았던 마을이 여름에는 녹색이 짙어진 검은빛을 띱니다. 그러다가 가을이 되면 어쩌는 줄 아세요? 노란 꽃들이 일제히 떨어져나갔듯이 검은 이파리들도 일제히, 그야말로 일제히 떨어져나간 산수유나무 가지를 보세요. 가지가 휘어질 듯, 실제로 가지가 휘어졌어요. 그토록 작은, 그토록 앙증맞은, 그토록 투명한, 붉은빛을 본 적이 있을랑가 모르겠네요. 그 빛깔에 매혹되어 나는 그만 자지러질 뻔했습니다. 미인의 고운 입술을 두고 쓰는 앵두 같은 입술이라는 표현은 산수유 빛깔 입술보다는 한수 아래일 겝니다.

언젠가 중학생 시절엔가 국어책에서 배운 시의 내용이 아슴하게 기억납니다. 열에 들뜬 아이를 위해 젊은 아버지가 눈길을 헤치고 나가 붉은 열매를 구해온다는 내용의 시였던 것 같습니다. 그 시를 읽으며 아직 어렸던 제 속이 왜 그리도 애잔하게 서러워왔던지요. 아픈 아이 입에 넣어주기 위해 흰눈 속을 헤치고 나가 붉은 열매를 구해오는 아버지. 시를 읽으면서 아버지의 뺨에 달라붙는 거친 눈보라가 내게도 느껴졌습니다. 붉은 열매가 달린 나무 위에도 눈꽃이 피었을 겝니다. 아버지는 용케도 아직 눈 속에 파묻혀 있는 붉은 열매를 보고 아주 많이 기뻤을 겝니다. 그리고 가지에 쌓인 눈을 쓸어내리고 한 알 한 알

열매를 따서 호주머니에 담았을 겝니다. 눈 냄새, 바람 냄새가 아버지 몸에서 나고 아버지는 아이의 머리맡에 앉으며 말했겠지요. 자, 이제 됐다, 아가야. 이것 먹으면 다 낫는다. 아, 바로 그 아버지가 구해온 그 붉은 열매가 산수유였지요.

근 일주일째 아이가 아픕니다. 그전에는 제 누나가 아팠고 누나가 이제 좀 우선하니 이 말 못하는 어린것이 덜컥 아프고 말았습니다. 아픈 누나에게 신경쓰느라 이 어미가 좀 소홀했던가요. 제 누나 아플 때도 애잔하여 못 견디겠더니 갓난애가 아프니 이 어미 가슴이 무너집니다. 아픈 저도 어미인 나도 일주일째 편한 잠을 자지 못합니다. 약을 먹어도 토하기만 할 뿐 아이는 그저 어미 젖꼭지만 찾고 있습니다. 열이 올라 발간 아이 볼, 뜨겁게 끓어오르는 이마, 등어리, 젖꼭지를 빠는 입속도 뜨겁기는 마찬가지입니다. 아픈 몸이라 먹을 것을 전혀 받아들이지 않으니 아이 몸은 앙상하기만 합니다. 흰 쌀죽을 쑤어서 아이 입에 대어봅니다. 몇모금 받아먹어주는 것이 그저 고맙기만 하지요. 엊그제까지만 해도 온 집안을 펄펄 날던 아이가 쌕쌕 가쁜 숨을 몰아쉬며 눈물이 그렁그렁한 눈으로 어미 젖을 찾는 모습이란 처절하기만 합니다.

그런데도 어미인 나는 아이가 아픈 만큼, 아니 그보다 더 가슴이 아프지만 그런데도 이상하게 가슴 한쪽은 느긋하기만 합니다. 아아, 내 자식은 살아나리라, 내 자식은 어떻게든 살아나리라. 어미와 자식 간에 이어진 눈에 안 보이는 생명의 끈이 튼실하고 든든하게 매어져 있습니다. 그것을 어미는 본능적으로 믿기 때문입니다. 그리고 결국은 그 믿음이 아이에게는 무엇보다 큰 약이 된다는 것을 어미인 나는 알고 있습니다. 아이는 이제 조만간 훌훌 털고 일어나 이전처럼 온 집안을 펄펄 날 것이라는 어미의 뜨거운 믿음이 아이를 일어나게 하리라는 것을.

　도시에서의 생활을 청산하고 시골로 들어와 산 지 만 3년째입니다. 시골에 들어와 살면서 나는 아이를 길렀습니다. 그러면 도시에 살 때는 아이엄마가 아니었느냐구요? 아이엄마는 아이엄마였으되 참 부실한 엄마였습니다. 졸작 「우리 생애의 꽃」에 나오는 엄마가 바로 저였으니까요. 자식들을 버려두고 집을 나서는 어미였습니다. 저는 아직은 제 손으로 밥을 챙겨 먹을 줄 모르는 아이에게 밥을 챙겨주지 않는 어미였습니다. 저는 캄캄한 밤에 아이들끼리만 놓아두고 밤거리를 헤매고 다닌 어미였습니다. 저는 제 황막함, 제 고적을 이기지 못해 아이들을 황막한 사막과도 같은, 절해고도와도 같은 영구 임대아파트 한켠 방에 저희들끼리 놓아둔 어미였습니다. 저는 거리를 헤매다 어느 때, 어느 순간 아이들이 떠오르면 왈칵 겁부터 났습니다. 아이들 얼굴 보기가 무서워 나는 자꾸 집으로부터 도망치고는 했습니다. 나는 그때 미처 깨닫지 못했습니다. 내가 아이들을 보호하고 있는 것이 아니라 아이들이 이 어미를 보호하고 있었다는 사실을. 그것을 깨달은 때는 아, 이 생의 끝이 바로 이곳이구나, 싶은 순간이었습니다.
　눈이 내렸고 아이들이 저희들끼리 밥 먹고 저희들끼리 이불 덮고 오물거리며 자고 있을 영구 임대아파트 작은 창문을 나는 영구 임대아파트 광장에 서서 올려다보았습니다. 그곳에서는 노란 불빛이 새어 나오고 있었습니다. 눈보라치는 밤, 내 아이들이 나를 이 어미를 기다리고 있느라고 노란 불을 밝혀두고 있었던 것입니다. 천지사방을 휘돌아다닌다 한들, 내가 돌아갈 곳은 내 아이들이 노랗게 불 밝힌 그 작은 방뿐임을 나는 가슴 뜨거운 회한으로 깨달았던 것입니다.

흙은 참으로 부드럽고 좋습니다. 흙 냄새는 미친 저의 영혼을 따뜻이 어루만져줍니다. 그 흙을 파고 온갖 푸성귀들을 심었습니다. 그 푸성귀들로 차려질 맛나고 풍성한 식탁과 그리고 내 집 밭의 푸른 아름다움을 상상하며 씨를 뿌린 보람도 없이 해충의 공습으로 맛난 식탁을 차릴 엄두는커녕 푸른 초원을 이루리라던 내 집 밭의 모습은 기계충 앓는 아이의 모습처럼 초라하기 이를 데 없었습니다. 단번에 실망하여 밭 쪽으로는 얼씬도 하지 않은 채 몇날을 보낸 뒤 어느 비 갠 저녁 무렵 밭으로 가보았습니다. 사실 실망을 하여서 얼씬하지 않았다 하였으나 깊은 마음은 꼭 그렇지만은 않았던 게지요. 아아, 비 온 저녁 무렵의 내 집 밭은 참으로 아름다웠습니다. 해충에 뜯긴 겉잎 속에서 올라오는 속잎들의 그 앙증맞고도 질긴 생명의 자태. 농약을 칠 필요 없이 그것들은 스스로 살아날 힘을 가진 생명 있는 것들입니다. 식물들도 그러합니다. 하물며……

식물들을 키우고 강아지, 닭을 키우고 그리고 무엇보다 사람의 새끼인 내 어린것들을 길렀습니다. 그리고 지금 내 어린것들 중의 한 아이가 몹시 아픕니다. 열에 들뜬 아이를 고이 재워두고 햇빛 바른 마당으로 나와 나는 지금 나무를 심습니다. 붉은 열매 나무를 심습니다. 회한의 나무를 심습니다. 내 아이를 향한 뜨거운 믿음, 희망, 사랑을 심습니다. 그것은 생명을 향한 끝 간 데 없는 나의 의지입니다.

빈 나무의 마음

우리집 갓난이가 며칠째 밥을 못 먹고 토하고 설사를 한다. 고열에
기침까지 가세하여 잠도 편하게 자지 못한다. 근 일주일째 병원 걸음
을 하다가 차도가 없어서 한약을 달여 먹이기도 하고 이웃 할머니가
일러준 대로 담반약(약재로 쓰이는 황산동. 빛이 푸르며 돌같이 굳음)
을 써보기도 하여 겨우 병세가 좀 가라앉았다 싶었는데 이번에는 내
가 아프다.

그런데 참으로 희한한 것은 어린것이 아플 때는 내 몸이, 내 마음이
찢어질 듯이 아프더니 정작 내 몸이 아프니까 마음은 그렇게 편할 수
가 없는 것이다. 그래서 옛날 우리 어머니들이 내가 아프고 말지 자식
아픈 것은 못 견디겠더란 말을 했던 것인지 모른다.

아픈 아이를 안고 며칠을 병원 걸음을 하다 보니 유독 아이들이, 아
이 안은 어머니들이 눈에 띄고, 그 모습들이 결코 예사로워 보이지 않
는다.

아, 모든 인간은 다 어린것들을 기르며 살고 있구나. 저 어린것들이 있어서, 저 어린것들을 키우는 어미 아비가 있어서, 모든 어린것들을 돌보는 따스한 마음들이 있어서, 그래서 세상은 그 모든 악조건들에도 불구하고 희망을 품어볼 수 있는 곳이구나 싶어지면서 슬며시 눈물이 났다.

시장에서 좌판을 벌인 생선장수 아주머니의 등에 이제 갓 돌을 넘겼을 만한 아이가 잠들어 있다. 어떤 이는 아기 업은 생선장수 아주머니가 바로 그 아기 때문에 힘들 거라고 생각할는지도 모른다. 아이를 낳고 아이 때문에 정말로 힘든 과정을 거치고 난 연후인 지금 나는 바로 그 어미를 힘들게 하는 아이가 있으므로 세상의 모든 어미들이 이 힘든 세상을 견디어나갈 수 있는 거라고 생각하게 되었다.

그것은 또한 세상의 모든 아비들도 마찬가지다. 어미 아비의 마음이란 무엇인가. 바로 생명을 살리는 마음이다. 세상의 모든 어린것들을 품에 안고 돌보고 기르는 마음이다. 그 마음들이 합쳐져서 끝 간 데 없이 삭막해지는 것만 같은 인간의 세상이 그래도 따뜻할 수 있는 것이다.

앞집 장골댁 할머니는 아픈 우리 아기를 위해서 저녁밥을 잡수시고 와서 우리 아기 빨리 낫게 해달라고 '잠밥'을 먹여주셨다.

우리 아기가 나은 게 잠밥 때문은 아니겠지만 나는 할머니가 우리 아기 머리에 쌀을 담은 보자기를 슬며시 갖다대며 주문을 외울 때 내일 아침에는 몇날 며칠 앓았던 우리 아기가 아침 햇살같이 환하게 일어날 것 같은 예감이 들었다. 그리고 다음날 정말 우리 아기는 아침 햇살이 떠오르는 그 시간에 온 얼굴에 햇살 같은 웃음을 띠며 일어나

주었다.

아랫집 아주머니는 우리 아기 먹이라며 아기들이 배 아플 때에는 매실이 최고라고 지난여름내 우려두었던 매실즙을 가져다주셨다.

바로 이런 분들의 마음이 어린것들, 약한 것들, 아픈 것들을 돌보는 따뜻한 마음들이나. 굳이 내 자식이 아니라도 세상의 모든 '불쌍한 것들'을 향해 열려 있는 세상의 모든 어미된 이의 마음들이다.

아이가 아픈 동안 보지 못했던 우리집 마당의 감나무와 자두나무가 어느새 그 이파리들을 다 떨구고 맨가지로 서 있다. 이제 서서히 북쪽에서 불어오는 바람의 한기가 살갗에 느껴진다. 지난봄에 저 갈색의 메마른 가지 위에 그토록 고운 꽃잎들이 매달렸다는 사실을, 그 나무도 그리고 일년내 지켜본 나도 어느새 잊어버렸다. 세상 만물의 이치는 다 그런 것인지도 모른다.

자식에게 자신의 모든 것을 다 내주고도 그 보상을 바라지 않는 부모의 마음을 빈 나무에서 본다. 어디 빈 나무뿐이겠는가. 우리 이웃의 장골댁 할머니나 아랫집 후동댁 아주머니도 그러한 것을. 명절이 되어 도시에서 온 자식에게 주는 재미로 농사를 짓는 분들인데. 자식들에게 싸줄 것을 생각하면 한여름의 폭염도, 휘몰아치는 태풍도 다 견디어낼 수 있다고 말씀하시는 분들인데. 그 자식들에게 바리바리 다 싸주고 이녁들은 쭉정이를 잡수시면서도 얼굴에 환한 미소를 띠며 그저 자식들 잘되기만을 바랄 뿐인데.

그 자식들을 늘 기다리고 살면서도 기다리던 자식들이 올 때가 되었는데 오지 않을 때, 그 어머니는 자신이 기다리던 고통은 생각지 않고 그저 소식을 안 주어도 좋으니 저희들 몸 건강하니 잘살면 된다고,

'일없다'고 말하며 돌아서는 그 뒷모습이 영락없는 빈 나무의 그것이다.

아프고 난 우리 아기는 아픈 동안에 살은 내리고 키는 더 훌쩍 커진 것 같다. 그러고보니 크려고 아프다는 말이 빈말이 아닌 성도 싶다.

그래, 그렇게 아프면서 크는 것이란다, 아가야. 산다는 것은 많이 힘든 것이고 힘든 만큼 살아낼 만한 곳이 또 세상이란다. 산다는 것이 그토록 쉽기만 하다면 무슨 재미가 있겠니. 무슨 보람이 있겠고. 모든 좋은 것은 다 힘든 뒤끝에 오는 거란다. 곤히 잠든 아가 옆에 내 지친 몸을 뉘며 혼잣소리를 하다 잠이 든다.

그 시절 우리들의 집

　저녁 어스름이 내리고 있을 무렵이었다. 돌확에 곱게 간 보리쌀을 솥에 안쳐 한소끔 끓여내놓고서 쌀 한줌과 끓여낸 보리쌀을 섞으려고 허리를 구부리는 순간 산기가 느껴졌다. 아낙은 서두르지 않고 침착하게 쌀과 보리를 섞은 다음 아궁이에 불을 지펴놓고 텃밭으로 갔다.

　장에 간 남편은 어디서 술을 한잔 하는지 저녁이 되어도 돌아오지 않고 이제 곧 세상으로 나오려고 신호를 보내기 시작한 뱃속의 아기 위로 셋이나 되는 아이들은 저녁의 골목에서 제 어미가 저녁밥 먹으라고 부르기를 기대하며 와자하게 놀고 있다.

　아낙은 저녁 찬거리로 텃밭의 가지와 오이와 호박을 따다가 잠시 땅바닥에 쭈그리고 앉았다. 뱃속의 아기가 이번에는 좀더 강한 신호를 보내왔다. 아낙은 진통이 가시기를 기다려 찬거리를 안아 들고 텃밭을 나왔다. 아궁이에서 밥이 끓기 시작하자 텃밭에서 따온 가지를 끓고 있는 밥물 위에 올려놓고 호박과 호박잎을 뚝뚝 썰어 톱톱하게 받아놓은 뜨물에 된장국을 끓이고 오이 채를 썰어 매콤한 오잇국을 만들어서 저녁상을 차렸다. 그러고 나서 아이 낳을 채비를 하기 시작했다.

물을 데워놓고 끓는 물에 아기 탯줄 자를 가위를 소독하고 미역도 담가놓고 안방 바닥에 짚을 깔고 그 위에 드러누웠다. 장에 가서 술 한잔 걸치고 뱃노래를 흥얼거리며 아낙의 남편이 막 사립문을 들어섰을 때 안방 쪽에서 갓 태어난 아기 울음소리가 들려오고 있었다. 순산이었다. 남편은 늘 그래왔듯이, 첫째 때도 둘째 때도 셋째 때도 그러했듯이 술 취한 기분에도 부엌으로 들어가 아내가 미리 물에 담가둔 미역을 씻어 첫국밥을 끓였다. 첫국밥을 끓여서 아내에게 들여놓아주고 나서 남편은 사립문 양쪽에 대나무를 세우고 새끼줄에 검은 숯과 붉은 고추를 끼워 대나무에 매달았다. 그의 넷째아들이 태어나던 날 밤.

그의 어머니는 그렇게 팔남매를 낳았다. 집은 토담집이었다. 그의 아버지와 어머니가 신접살림을 나면서 손수 지은 집이었다. 판판한 주춧돌 위에 튼튼한 소나무 기둥을 세우고 지붕을 만들었다. 마을에서는 그렇게 새집 짓는 일을 '성주 모신다'고 했다. 마을 남정네들은 집 짓는 일을 돕고 아낙들은 음식을 만들었다. 황토에 논흙을 섞고 짚을 썰어 지붕흙을 만들고 몇사람은 지붕 위로 올라가고 몇사람은 마당에 길게 서서 다 이겨진 흙을 지붕 위로 올렸다.

대나무나 뽕나무로 미리 살을 만들어놓은 위에 찰진 흙이 발라졌다. 흙이 마르면 노란 짚을 엮어 지붕을 이었다. 이제 그 지붕은 아무리 비가 많이 와도 아무리 거센 바람이 불어도 끄떡없을 것이었다. 지붕이 다 만들어지자 벽을 만들었다. 지붕에서처럼 대나무로 살을 만들고 흙을 바르고 그리고 구들장을 놓았다. 노란 송판을 반들반들하게 켜서 마루도 만들었다.

그와 그의 형제들은 바로 그 집에서 나고 그 집에서 컸다. 노란 흙 벽, 노란 초가지붕, 노란 마루, 노란 마당, 정다운 노란 집. 그 집의 봄 여름 가을 겨울. 봄 여름 가을 겨울의 아침과 낮과 저녁과 밤이 그 집 아이들의 성장에 함께 있었다. 그는 그 집의 봄 여름 가을 겨울과 봄 여름 가을 겨울의 어느 아침과 낮과 저녁과 밤을 먼 훗날까지 그의 영 혼 깊은 곳에 간직해두고서는 몹시 힘들고 고달픈 도시에서의 봄 여 름 가을 겨울의 어느 아침과 낮과 저녁과 밤에 마음속의 보석처럼 소 중한 그 추억들을 끄집어내 보고는 했다.

그 집은 그 집 아이들에게 작은 우주였다. 그곳에는 많은 비밀이 있 었다. 자연 속에는 눈에 보이는 것말고도 눈에 보이지 않는 무한한 비 밀이 감춰져 있었다. 그는 그 집에서 크면서 자연 속에 감춰진 비밀들 을 깨달아갔다.

석양의 북새, 혹은 낮게 깔리는 굴뚝 연기를 보고 그는 비설거지를 했다. 그런 다음날은 틀림없이 비가 올 것이므로. 비가 온 날 저녁에 는 또 지렁이가 밤새 운다는 것을 그는 알고 있었다. 똑또르 똑또르 하는 지렁이 울음소리. 냄새와 소리와 맛과 색깔과 형태 들이 그 집에 서는 선명했다. 모든 것들이 말이다. 왜냐하면 봄과 여름과 가을과 겨 울과 아침과 낮과 저녁과 밤이 그 집에서는 뚜렷했으므로. 자연이 그 러한 것처럼 사람들의 삶이 명료했다.

이제 그 집을 떠난 그에게는 모든 것이 불분명하다. 아침과 저녁이 불분명하고 사계절이 불분명하고 오감이 불분명하다. 병원에서 태어나 수십 군데 이사를 다니고 나서 겨우 장만한 아파트. 그 사각진 콘크리트 벽 속에 살고 있는 그의 아이는 여름에 긴팔 옷을 입고 겨울에 반팔 옷을 입는다.

돈은 은행에서 나고 먹을 것은 슈퍼에서 나는 것으로 아는 아이는, 수박이 어느 계절의 과일인지 분간하지 못하는 아이는 그래서 봄 여름 가을 겨울을 알지 못한다. 아침 저녁의 냄새와 소리와 맛과 형태와 색깔이 어떻게 다른지 알지 못한다.

어머니의 부음을 듣고 그는 그가 나고 성장한 그 노란 집으로 갔다. 팔남매를 낳고 기르느라 조그마해질 대로 조그마해진 어머니는 바로 자신의 아이들을 낳았던 그 자리에 자신의 몸을 부려놓고 있었다.

그 집, 노란 그 집에 탄생과 죽음이 있었다. 그 집 안주인의 죽음 이후 그 집은 적막해졌다. 아무도 그 집에 들어와 살지 않을 것이며 누구도 아이를 그 집에서 낳지 않을 것이며 그러므로 죽음 또한 그 집에서는 일어나지 않을 것이다. 그 집의 역사는 그렇게 끝이 난 것이다.

우리들의 어머니의 죽음과 함께 조왕신과 성주신이 살지 않는 우리들의 집은 이제 적막하다. 더이상의 탄생과 죽음이 없는 우리들의 집은 쓸쓸하다.

우리는 오늘밤도 쓸쓸한 집으로 돌아들 간다.

집에 대한 단상

　　나는 날마다 집을 꿈꾸며 살았다. 달팽이처럼 짊어지고 사는 집이
아니라 내 육신이, 내 영혼이 포근히 깃들이는 집. 그냥 '공간'이라 이
름붙여야 더 적당한 그런 집. 작디작은 그런 집. 햇빛이 많이도 아니고
조금씩만이라도 비쳐드는 집. 바람이 많이도 아니고 조금씩만이라도
들어왔다 나갈 수 있는 그런 집. 새가 와서 잠시라도 쉬어가는 그런
집. 꽃이 많이도 아니고 아주 조금, 그것도 아주 소박한 봉숭아와 맨드
라미와 분꽃 따위 서너 가지쯤 아침 햇빛에 화들짝 피어나는 그런 집.
내가 청소하는 데 부담이 없는 그런 집. 방도 조그맣고 마당도 한뼘가
량 되는 그런 집. 이웃이 놀러 오면 금방 방이 꽉차는 그런 집에서 나
는 금가고 이 빠진 찻종에라도 향기나는 차 담뿍 따라 내놓을 수 있다
면, 그러면 나는 더이상 아프거나 서러워하지 않을 자신이 생길 것 같
았다. 내가 더이상 아프거나 서러워하지 않게 하는 그 집, 꿈속의 그
집은 말하자면 내 유년의 집이다. 나는 당장에라도 내 유년의 그 집으

로 다시 돌아가고 싶었다. 나는 삶에 몹시 지쳐 있었고 급기야 몸까지 아프던 터였다. 온몸이 열에 들끓어오르던 어느날, 나는 내 유년의 집에 함께 있었던 꽃과 나무와 짐승 들을 보았다. 분꽃, 맨드라미, 족두리, 과꽃…… 병아리들, 송아지, 토끼, 염소…… 감나무, 석류나무, 자두나무, 살구나무…… 내 다시는 그곳으로 돌아갈 수 없다는 것을 알고는 있었지만 한번만이라도 그 꽃과 나무와 짐승 들을 내 손으로 심고 가꾸고 키울 수 있는 기회가 주어진다면 나는 그다지도 아프거나 서럽지는 않을 것만 같았다. 그런 갈구가 나를 지금 살고 있는 이곳으로 오게 했는지도 모르겠다.

시골로 이사온 뒤 내가 맨 먼저 한 일들은 그 오랜 바람대로 꽃과 나무를 심는 일이었다. 사람이 오래 비어 있던 집에는 잡풀이 무성하고 뱀, 쥐, 담비 들이 살고 있었다. 이사온 첫해 봄, 잡풀을 거두어내고 꽃씨를 뿌렸다. 고향에서는 그렇게 흔하던 꽃들, 하지만 도시에서 사는 동안 그렇게도 보기 힘들던 꽃들, 우리 기억 속에 오래 저장되어 있다가 몹시 힘들고 지친 어느 저녁 무렵, 혹은 몸이 아픈 날 문득 생각나던 그 꽃들, 과꽃 분꽃 족두리 맨드라미 채송화 따위들을 빼곡히 심었다. 그 꽃들 또한 내가 그랬던 것처럼 내 아이들이 이담에 커서 어른이 됐을 때 그래서 삶에 지친 어느 저녁에 문득 생각나는 꽃들이 되어줄 것이라는 어떤 기대가 나를 그렇게 하도록 했다. 그야말로 걸신들린 것처럼 원없이 꽃씨를 뿌리고 나서는 나무를 심었다. 내 꿈속의 그 나무들을 일일이 기억해내어 그 나무들이 있었던 비슷한 장소에, 말하자면 앵두나무는 돌담 옆, 석류나무는 뒤꼍 장독대 옆, 산수유나무는 텃밭 언저리에 심어나갔다. 커가는 아이들 지켜보듯 그 나무들을 지켜보는 그 시간들은 내게 그리고 우리 아이들에게 기다린다는 것의 의미를 깨우쳐줄 수 있으리라. 나무는 새잎이 돋는 봄, 꽃피우는 여름, 열매 맺는 가을에 보는 것도 좋지만 무엇보다 겨울에 보는 나무가 '진짜' 나무다. 맨몸인 나무를 보고 있노라면 순교자 같다는 느낌이 든다. 그것은 그야말로 '견딤'이다. 무엇을 견디는 것일까. 무엇을 견딘다고 말할 수도 없는 견딤 그 자체인 겨울나무를 보며 나와 내 아이들이 이 생에 대한 겸허라고 해도 좋을 그 어떤 정신적인 감흥이라도 얻게 되길 감히 기대해본다. 그런 기대가 꽃과 나무를 심는 일을 즐겁게 했다.

마지막으로 짐승을 키우는 일이 남았다. 그러나 꽃과 나무 같은 식물과는 달리 스스로 움직이고 소리내는 동물을 키우는 일은 간단치가 않았다. 어린 시절의 기억만 좇아 시장에서 닭과 강아지를 사다 키웠는데 강아지가 크면서 닭들을 물어죽이는 일이 발생한 거였다. 인심도 변하는데 견심인들 안 변했겠는가, 싶지만 눈앞에 벌어진 일은 내 기억 속에서는 절대로 없었던 일이었다. 누대에 걸쳐 한 집안에서 나고 자란 강아지와 닭 들은 한 둥우리 안에서 서로 몸을 비벼대며 잘도 살았던 것 같은데, 그리하여 그 닭과 그 강아지와 그 집에 살았던 아이인 바로 나와 내 동생이 그 동물들과 친구가 되어 놀았던 기억이 생생한데 이 시대 동물들은 서로가 서로를 원수 보듯 하고 툭하면 싸우고 급기야 힘센 한쪽이 약한 쪽을 물어뜯어 죽이는 끔찍한 사건을 한두어 번 겪고 나서는 동물 키우기를 그만두었다. 꽃과 나무 들은 내 바람대로 원없이 심고 가꾸게 되었지만 동물들 키우기에서 실패를 하고 나니 씁쓸한 기분을 떨쳐버릴 수 없는 것은 이즈음의 인간 세태를 동물들을 통해서 보는 것 같았기 때문이다. 닭 따로 강아지 따로 키우면 될 것 아니냐고 하겠지만 나는 절대로 그러고 싶지는 않다. 꽃과 나무 들이 서로서로 잘 어울리듯이, 내가 우리집에 함께 사는 쥐, 담비, 뱀 들과 잘 어울리듯이 닭과 강아지도 그렇게 살아야 한다는 게 내 생각이다. 모두모두 한 집에 사는 한 식구이기 때문이다. 그리고 그렇게 사는 집이 바로 내 유년의 집이자 내가 꿈꾸는 집이다.

십리길을 걸어온 아이들

두 아이가 돌아오지 않습니다. 해가 서산에 꼴딱 넘어가고 닭들도 다 닭장으로 들어가고 저녁 밥상도 다 차려놓았는데 학교에 간 아이들이 돌아오지 않습니다. 마을에서 자고 나가는 막차도 이미 들어오고 산골에는 이윽고 밤이 되어가는데 우리 아이들이 아무런 연락도 없이 돌아오지 않고 있으니, 시골로 이제 갓 이사온 어미 마음은 불안하기가 이루 말할 수 없습니다. 할 수 없이 플래시 불을 켜 들고 산길을 내려가봅니다. 그날따라 날씨도 여간 추운 게 아닙니다. 엊그제 이 근방에서 멧돼지가 잡혔다는데 혹시 멧돼지 습격이라도 받았나 싶은 생각에 소름이 오싹 돋습니다. 산 아래 섬진강에서 불어오는 바람은 매섭게 산머리를 타고 올라오며 나무들은 미친 듯이 울어댑니다. 골짜기에서는 짐승의 울음소리도 들려옵니다.

평소 같으면 전화라도 할 아이들인데 그날은 웬일인지 전화도 없어 자꾸 불길한 생각만 꼬리를 물고 일어납니다. 이 어린것들이 어디서 무엇을 하고 있는지. 도시 아이들이라고 시골 아이들에게 곤욕을 치른 것이나 아닌지. 마음은 바싹바싹 타들어옵니다. 엄마는 급기야 눈물을 철철 흘리며 산길을 내려갑니다. 학교까지는 딱 십리길입니다. 그렇게 십리 산길을 타고 내려가야 합니다. 아이들은 버스를 타고 다닙니다. 비가 많이 오거나 조금 늦게 일어난 날은 집에 있는 차로 학교에 갑니다. 지금까지는 그랬습니다. 그런데 버스는 이미 마을에 들어와 있고 아이들한테서는 아무런 연락이 없습니다. 어두운 산길을 내려가는데 앞에 허연 물체가 하늘거리는 게 보입니다. 머리끝이 하늘로 쭈뼛 일어섭니다. 이를 악물고 눈을 질끈 감고 엄마는 이제 마구 달려갑니다. 달려가다가 그만 넘어졌습니다. 넘어진 자리가 하필이면 무덤가입니다. 무덤 위로 솟아난 억새들이 꼭 유령의 옷자락 같습니다. 바람 소리는 꼭 귀신이 흐느끼는 소리 같습니다. 엄마는 넘어져서 무릎에 피가 나는 줄도 모르고 그렇게 달려갔습니다. 드디어 산길이 끝나는 다리께까지 왔습니다. 저 아래서 아이들 소리가 납니다. 분명히 우리 아이들 목소리입니다. 둘째아이가 어저께 유치원에서 배웠다며 어젯밤 내내 부르던 노랫소리입니다.

……캄캄한 땅속은 싫어요. 밖으로 나가고 싶어요. 세상은 정말로 좋아요…… 그런 노래입니다. 엄마는 아이들을 꼬옥 안았습니다. 그리고 그때서야 무릎에 피가 나고 있다는 것을 알았습니다.

우리 아이들이 맨 처음 십리길을 걸어온 날입니다. 이제 겨우 일곱 살인 유치원생과 열살짜리 아이들입니다. 아이들은 의기양양합니다. 그애들이 태어나서 처음으로 그렇게 먼 길을, 그렇게 어두운 길을 걸어온 것입니다. 학교가 끝나고 친구 집에 놀러 갔다 오는 길이라고 합니다. 전화하지 않은 건 자기들도 다른 시골 아이들처럼 걸어보고 싶어서였다고 합니다. 아이들과 함께 올라오는 산길은 하나도 무섭지 않습니다. 무덤가를 지나면서는 유령같이 느껴지던 억새꽃이 이제는 우리의 귀가 길을 반기는 것 같습니다.

그날 이후부터 우리 아이들은 용감해져버렸습니다. 그렇습니다. 아주아주 용감해져버렸습니다. 이제는 비가 오는 날에도 아침 일찍 일어나 빗길을 걸어갈 채비를 합니다. 집에 와서는 엄마를 돕습니다. 닭장에 모이를 주고 닭을 족제비가 물어가지 않도록 닭장 문단속을 저희들이 합니다. 얼마 전에는 다 허물어져가는 집 수리를 하려고 벽을 망치로 허물고 무거운 블록을 쌓았습니다. 그것을 아이들이 도와줍니다. 블록담을 쌓고 도배를 할 때도 풀은 아이들이 발라줍니다. 벽을 만들고 도배를 하고 장판지를 깔고 완성된 방에서 음식을 만들어 윗목에 차렸습니다.

이제 우리가 이곳에서 살게 된 것을 부디 굽어살피시어 우리 아이들 건강하게 자라게 해주시옵고……

말하자면 옛날 어머니들이 집들이를 할 때 천지신명이나 성주신에게 제물을 올려놓고 축수를 하듯이 나도 그렇게 했습니다. 그날은 아이들도 찬물로 목욕을 하고 떨어진 양말은 깨끗이 빨아 기워 신고 제물이 놓인 상 앞에서 절을 하였습니다. 아이들은 육체적인 노동과 정신적 의식이 함께하는 새로운 경험을 하게 되었습니다.

장독대를 만들던 날입니다. 이웃 사람들은 모래를 사다가 '시멘트질'을 해버리라고 합니다. 그래야 깨끗하고 손품도 덜 판다는 것입니다. 이웃 사람들의 충고를 무시하고 우리는 옛날식의 장독대를 만들어보기로 하였습니다. 무거운 바윗덩이들을 장독대 자리까지 굴리는 일이 제일 큰 문제였습니다. 온 식구가 장독대 만드는 일에 매달렸습니다. 엄마인 내 어깨에는 '담'이 붙어버렸습니다. 큰아이 손이 돌에 찢겨지고 둘째아이 발등이 돌에 맞아 멍이 들었습니다. 그렇게 사흘을 돌밭에서 뒹굴었습니다. 그래서 우리집 자두나무 아래에 아담한 장독대가 만들어졌습니다.

아이들은 또 음식을 장만하자 합니다. 나는 장독대 만드느라 피로해져서 만사가 귀찮기만 합니다. 큰아이는 그런 엄마를 위해서인지 밭으로 나가 시금치며 당근을 뽑아옵니다. 둘째아이는 저희들이 힘을 합쳐 만든 방안을 청소합니다. 달이 떠올라왔습니다. 나는 아이들을 불러놓고 말합니다. 음식은 군이 많이 장만하지 않아도 우리들 마음을 깨끗이 하고 제상을 차리면 물 한그릇도 좋은 음식이 된다고 말입니다. 달이 떠오를 무렵 우리는 우리가 만든 장독대에 정한수 한사발을 떠놓고 부디 이 장독대에서 맛있는 간장과 된장이 익게 해달라고 달을 향해 기원했습니다.

이제 겨울입니다. 한겨울이 지나 따뜻한 봄이 오면 나는 또 우리 아이들과 함께 이 장독대에 예쁜 꽃씨를 심을 것입니다. 맨드라미, 족두리, 봉숭아…… 그러면 우리가 힘겹게 옮겨놓은 바위 틈새로 꽃들은 피어날 것입니다. 아이들과 나는 장독대 바위 틈새로 피어난 맨드라미꽃으로 물을 들인 아름다운 무지개떡을 해 먹을 수 있을 것입니다. 햇빛 밝은 날은 자두나무 밑 장독대 바위에 앉아 주황으로 예쁜 봉숭아 물을 들일 수 있을 것이며 비가 오는 날은 분홍의 족두리꽃이 빗방울을 맞고 하늘거리는 모습을 바라볼 수 있을 것입니다.

우리 아이들이 공부를 좀 덜해도 나는 기쁠 것입니다. 큰아이가 구구단을 다 못 외워도 나는 야단치지 못할 것입니다. 둘째아이가 짝꿍인 동철이라는 남자아이로부터 놀림을 받고 와서 울어도 속상해하지 않을 수 있을 것입니다. 나는 화나고 속상해하는 것을 이미 잊어버린 엄마가 될 것입니다. 아이들과 함께하는 모든 노동들, 노동 후의 정결한 의식들이 이미 나를 아주 착한 엄마로 만들어버릴 것이기 때문입니다. 장독대에 낀 푸른 이끼들과 봉숭아 꽃물이 화내지 않고, 속상해하지 않고 살아도 충분할 만큼 나를 즐겁게 해버릴 것이기 때문입니다.

어린 사랑

동양인은 자신의 감정을 직접적으로 표현하는 데는 익숙하지 못한 습성을 지녀서 슬플 때도 큰 소리로 울기보다는 소리없이 눈물만 훔쳐내고 기쁠 때도 마음껏 기쁨을 구가하기보다는 조용한 미소로써 감정을 표시한다. 사랑의 감정을 표현하는 데서도 예외는 아니어서, 서양인들이 사랑하는 사람끼리 만나거나 헤어지면서 애틋한 감정을 몸으로 직접 표현하는 데 반해서 우리는 그저 말없이 악수나 한번 하고 말거나 덕담 몇마디 나누는 것으로 아쉬운 대로 사랑의 표시를 하곤 했다. 사랑하는 아들을 타지로 보낼 때 아버지는 먼 곳으로 떠나는 아들의 여행길에 시장기나 면하라고 찐 계란 한꾸러미 사서 넣어주고는 말없이 아들이 탄 차의 문 밖에 서 있을 뿐이다. 어머니는 돌아서서 옷고름으로 눈물을 훔치거나 하염없이 손을 흔들고 서 있다. 형제끼리도 등 한번 툭 치고 만다. 잘 가라, 혹은 잘 있었냐 하고.

연인들끼리의 사랑 표현은 또 어떤가. 누가 볼세라 안타까운 눈빛들만 오갈 뿐 서양인처럼 포옹한다든가 입맞춤하는 일은 상상도 하지 못한다. 이렇듯 직접적인 감정 표현을 극도로 절제하는 습성을 길러 온 우리들로서는 그래서 사랑의 표시 또한 서투르기만 하다. 마음속으로는 한없이 사랑스러운데도 그 감정을 표현하기 어색해서 괜히 화를 낸다. 내가 너를 사랑한다는 말은 못하고 오히려 욕을 해대는 지방도 있다. 경상도 지방에서 흔히 쓰는 '야, 문둥아' 하는 소리가 그 대표적인 예일 것이다.

나에게는 딸이 둘 있다. 사랑스러운 딸들이다. 하지만 가족이라는 게 어디 사랑만으로 똘똘 뭉친 집단일 수만 있으랴. 사랑이 깊으면 외로움도 깊다는 대중가요 가사도 있듯이 사랑이 깊으면 깊을수록 사랑하는 사람에 대한 미움증도 생겨나는 법. 내가 너를 사랑하지만 사랑하므로 밉다는 논리가 성립되는 것은 지극히 자연스러운 일이다. 사람은 누군가한테 사랑을 주면 그만큼 보상을 받고 싶어한다. 부모가 자식에게 주는 사랑이 아무리 일방적이고 무한하다지만 사랑하는 자식이 부모의 사랑에 값하지 못하는 행동을 보이면 사랑하는 자식이 원수가 된다. 고슴도치도 제 자식은 예쁘다지만 그 고슴도치도 화날 때는 자식이고 뭐고 눈에 보이지 않을 만큼 사나워지게 마련이다.

똑같이 내 뱃속에서 나온 자식들이 싸울 때가 있다. 싸움은 격렬하다. 가족은 사회의 축소판이다. 영광은 이기는 자에게만 돌아갈 뿐. 큰놈은 큰놈의 자존심으로, 작은놈은 작은놈의 오기로 대결투가 벌어진다. 그럴 때 부모는 철저히 무책임한 방관자가 되거나 둘 중에 어느 놈 하나의 손을 들어주든가 아니면 둘 다 벌을 내리든가 아무튼 무엇인가 결정을 내려줘야만 하는 판관이 되어야 한다. 사랑하는 자식들이 원수가 되는 순간, 두 놈 다에게 벌을 내리고 나는 한참을 내 할 일만 하고 있다. 벌을 서는 두 아이가 눈에는 닭똥 같은 눈물을 매달고 입은 댓 자나 내밀고 나를 째려보고들 있다. 이때부터는 어미 대 자식 간의 자존심 대결이다. 사랑 따위는 물 건너간 지 오래다. 두 놈이 엄마 밉다고 아우성이다. 매를 한번 더 들 것인가, 아니면 아니면……사실 마음 한쪽으로는 두 딸을 껴안고 싶었다. 진작부터, 말하자면 벌을 내리는 순간에도 나는 사실은 아이들을 안고 싶었다. 저희들이 싸우든 말든 나는 내 아이들 냄새를 맡고 싶던 참이었는데 애들이 싸우는 통에 내 의지와는 상관없이 지금은 정반대의 상황이 연출되어버린 것이다. 내 속마음과는 딴판이 되어버린 상황에 화가 난다. 당장에라도 두 새끼들을 껴안고 뒹굴고 싶지만 어미로서의 자존심이 그것을 허락하지 않는다. 벌주고 나서 해야 하는 사랑의 표시처럼 곤혹스러운 것이 있을까. 언젠가는 아이들을 벌 세워놓고 어떻게든 다시 부드러워지고는 싶은데 그것이 잘 되지 않아 술까지 먹은 적이 있었다. 몸속에 알코올기가 좀 들어가면 몸과 마음이 의지와는 상관없이 유연해지던 것을 경험으로 알고 있는 나는 그렇듯 자식들 앞에서 쉽게 마음이 풀리지 않아 술까지 동원한다. 내가 그러고 나면 두 자식이 울기 시작한다.

"엄마아, 술 먹지 마아 엉엉엉……"

가관이다. 누가 보면 그 어미가 알코올 중독자인 줄 착각할 수도 있는 우스운 상황이 연출되는 것이다. 그래 이 원수들아 사랑한다 사랑해. 나는 그때서야 아이들을 마음껏 보듬고 뒹굴어대는 것이다. 유치한 사랑놀음. 이 새끼들이 태어나기 한참 전, 내 고운 스무살 적에도 나 이렇게 어린 사랑놀음에 취한 적이 있었던가, 어쨌던가.

아, 사랑! 지겹고도 다정한 그것.

자운영 꽃밭에서 나는 울었네

아이들 데리고 섬진강가로 놀러 나갔지요. 백사장이었던 곳에 제방을 쌓고 잔디밭으로 꾸며놓았더군요. 잔디밭에서 한참 동안 모래주머니도 던지고 강강술래도 하고 공도 차고 노래도 부르고 신나게 놀았습니다. 아이들 빌미삼아 어른이 하루 잘 논 폭입니다그려. 점심 먹고 강가로 갔지요. 놀 때는 미처 몰랐습니다. 그런데 강가 습지에 놀라운 광경이 펼쳐져 있지 않겠어요? 그래요, 거기 꽃밭이 있었습니다. 누가 일부러 심어논 것은 아닌 게 분명한 꽃밭이었습니다. 바로 자운영 꽃밭이었지요. 군데군데 소들이 그 꽃을 뜯어먹고 있었고 강물은 한가롭게 흐르고 하늘은 푸르고 바람은 삽상하게 불어왔습니다. 강어귀 산에서 쑥꾹새 울음소리가 구슬프게 들려오데요. 나는 그만 이제 한창 불붙은 꽃밭에 내 몸을 던져버렸습니다. 아이들이 엄마 찾는 소리가 들려오는 것도 못 들은 체하고 거기 그렇게 오래 누워 있었습니다.

오월, 이맘때, 학교에서 돌아오는 길 양쪽 논에는 자운영이 한창이었습니다. 멀리서 보면 꼭 자주색 비단이불을 펼쳐놓은 듯, 붉은 물감을 확 풀어놓은 듯, 꽃이름 그대로 자주구름 꽃밭이 꿈결같이나, 꿈결같이나 펼쳐졌습니다. 이제 사람들은 얼마 안 있어 그 고운 꽃밭을 갈아엎고 모내기할 준비를 할 것입니다. 자운영이 피어 있는 논에는 항상 독새기도 같이 자라서 독새기 있는 데는 보드라운 잔디밭 같았습니다.

자운영 꽃밭은 너무나 고와서 함부로 드러눕지 못하고 독새기 풀밭에서 뒹굴다가 하늘을 보고 누워 학교에서 배운 노래를 불렀지요.

'풀 냄새 피어나는 잔디에 누워 파아란 하늘과 흰 구름 보면 가슴이 저절로 부우풀어 오올라 즐거워 즐거워 노오래 불러요.'

세상에나, 즐거워 즐거워 노래 부른다면서 어찌 내 눈에서는 눈물이 샘솟듯 솟아나는지요. 푸른 하늘과 흰 구름과 푸른 풀밭과 붉은 자운영 꽃밭이 그 어린 눈으로 감당하기에는 너무도 아름답게 느껴져서 울었던 것일까요. 그랬을 수도 있습니다. 너무나 아름다운 풍경이나 사람을 보면 가슴이 벅차오르기도 하고 눈물이 나기도 하는 법이니까요. 하지만 꼭 그래서 울었던 것은 아니었던 것 같습니다.

일단 집으로 가면 먹을 것이 없었습니다. 지난여름에 어머니가 남의 선자 산 논(얼마간의 돈을 주고 일정 기간 임대한 논)에 멸구약인줄 알고 제초제를 쳐버려서 우리집은 그해 양식 소출이 하나도 없었습니다. 겨울 내내 거의 굶다시피 했던 것입니다. 식량이라곤 밭에서난 고구마와 서숙 그리고 콩이 전부였으니까요. 봄이 되어 산야에 난 쑥을 뜯어다가 싸라기와 함께 풀떼죽을 쑤어먹었습니다. 우리집에는 그때 소가 한 마리 있었는데 원래 주인은 다른 사람이고 우리가 그 소를 먹여주면 나중에 소새끼를 한마리 받게 되어 있었습니다. 나는 그 소를 지극정성으로 돌봤습니다. 그 소에게 먹이려고 나는 아까 학교에서 오다가 누웠던 논으로 갑니다. 가서는 또 한참을 자운영 꽃밭에서 노닥거립니다. 어쩔 땐 해가 설핏 기울 때까지 꼴은 안 베고 해찰만 했습니다. 들에서 일하고 온 어무니가 암말 안하고 자운영과 독새기를 싹둑싹둑 잘라가지고 내 곁에 가까이 오셔서 가만히 욕을 하십니다.

"호랭이 물어갈 것이 허라는 일은 안허고 한량굿이나 허고 자빠졌다"고.

그렇게 어무니와 함께 꼴망태기 메고 집으로 오는 저녁 나절에 웬 쑥꾹새가 그리도 울어쌓는지요. 이제와 생각해보면 싱그럽고도 안타까운 오월 저녁의 냄새가 울엄마 냄새올습니다그려. 구슬프게 울어쌓던 쑥꾹새 소리가 울엄마 소리올습니다그려.

온 들에 흐드러진 자운영처럼, 우리집에도 뭔가가 흐드러졌으면 얼마나 좋겠느냐는 꿈을 꾸었습니다. 우리집은 늘 황사바람 부는 날씨같이 황량하고 메말랐습니다. 지난 3월에 배를 내린 병아리들이 오물오물 닭장 옆에 모여 있고 많이 먹지 못해 수척한 강아지가 빈 밥그릇만 싹싹 핥고 있고 그날 저녁에는 또 무엇으로 때거리를 해야 할지 메마른 부엌에서 맥없이 빈 그릇만 달그락거리는 언니와 동생 얼굴엔 도장밥이 허옇게 피어 있었습니다.

나는 섬진강가에 자생으로 피어난 자운영 꽃밭에 몸을 던져놓고 노래 불러봅니다. 풀 냄새 피어나는 풀밭에 누워 즐거이 즐거이 노래 불러봅니다. 즐거이 즐거이 노래 부를수록 눈에서는 눈물이 샘솟습니다. 나는 그것을 내버려둡니다. 왜 즐겁게, 즐겁게 노래 부를수록, 마음은 하염없이 슬퍼지는지, 이유를 모르겠습니다. 자운영 꽃밭이 너무 아름다워서일까요? 그래서 눈물이 나오는 것일까요? 꼭 그래서일까요? 아이들에게 눈물을 보이는 게 쑥스러워 나는 그만 자운영꽃 무더기 속에 내 얼굴을 콕 묻어버렸습니다. 나 죽어 이 세상에서 없어지면, 그때 우리 아이들도 자운영 꽃밭에 얼굴을 묻고 제 아이들 몰래 울까 모르겠습니다. 제 엄마 자운영 꽃밭에 얼굴 묻고 울었던 때가 생각나 저희들도 그렇게 울까 모르겠습니다. 가난한 제 어미와 함께 놀았던 섬진강가에서의 한때가 못 견디게 그리워서, 그렇게 우는지도 모르겠습니다. 자운영 꽃밭은 예나 지금이나 너무 아름답고 그리고 너무 슬프군요. 내 말이 믿기지 않는다면 지금 당장 오월 들녘으로 나가보세요. 거기 불붙는 슬픔이 당신의 가슴을 흔들어놓을 테니까요. 슬픔은 때로 저 자운영 꽃밭처럼 아름다운 것이기도 한 모양입니다그려.

빗속의 밤 외출

엄마라는 직분이, 주부라는 직분이, 그리고 작가라는 직업이 도통 나를 어디로 떠나지 못하게 한다. 엄마 직분 팽개치고 주부 직분 팽개치고 작가 직업 유보해두고 훌훌 어디로 떠난다 한들 그곳까지 따라오는 엄마의식 주부의식 작가의식이 나를 자유롭지 못하게 한다. 아이는 울지 않을까, 밥들은 먹었을까, 잠자리에 모기장은 치고 잘까, 양치질은 하고 잘까, 더울까, 추울까, 밥은 안 먹고 라면들이나 끓여 먹었을까. 그것이라도 먹었으면 다행인데. 어디서 원고 독촉전화는 안왔을까. 그래서 어디를 가도 맘이 편치 못하다. 맘이 편치 못하니 여행 기분이 날 리 없다. 나는 그만 서둘러 집으로 돌아오고 만다. 돌아와서는 또 어디론가 떠나고 싶은 열망에 시달리기를 반복한다. 돌아오고 떠나고의 반복, 어쩌면 이것이 우리 삶의 모습인지도 모르겠다. 밀고 당기고의 끝없는 길항작용, 그것이 있어서 또 우리가 사는지도 모른다. 사람을 만나고 사람을 떠나보내고 찾아오고 돌아가고, 죽고 태어나고, 그것이 있어서 우리 삶이 가능할 것이다. 떠남만 있고 돌아옴이 없다면, 탄생만 있고 죽음이 없다면, 찾아오는 이만 있고 돌아가는 이가 없다면, 상상만 해도 끔찍한 일이다.

괴테의 이딸리아 기행문은 이렇게 시작된다. "새벽 3시에 칼스바트를 몰래 빠져나왔다. 그렇게 하지 않았더라면 사람들이 나를 떠나게 내버려두지는 않았을 테니까. … 나는 여행 가방과 오소리가죽 배낭만을 꾸린 채 홀로 역마차에 몸을 싣고 7시 30분에 츠보타에 당도했다. 안개가 자욱이 낀 아름답고 고요한 아침이었다."

처음의 그 문장만을 읽고도 나는 가슴이 울렁거렸다. 나도 그렇게 떠나는 여행을 하고 싶었다. 새벽 3시에 아무도 몰래, 오소리가죽 배낭이 없으면 비닐가방이라도 하나 꾸려서. 아니, 비닐가방이 아니라 보자기인들 대수랴. 보자기에 갈아입을 옷가지 몇벌과 책 몇권 싸들고 아무도 몰래 홀쩍 떠나 어느 낯선 곳에서 아침을 맞이하고 싶었다.

그리하여 나는 밤을 기다렸다. 멋지게 밤도망을 치리라. 모든 것, 엄마일, 주부일, 작가일 일시 정지해놓고. 애들 밥 해 먹이고 씻기고 모기장 쳐서 재워놓고 나는 밤이 이슥해오기를 기다렸다. 9시 뉴스가 끝나고 10시가 넘어 시간은 자꾸 자정으로 향해 갔다. 새벽 3시까지 기다릴 것이나 있나. 괴테가 새벽 1시에 떠나지 못한 것은 순전히 그를 붙잡을 것이 틀림없는 사람들이 그때까지 자지 않아서였을지도 모른다. 날 붙잡을 사람들은 이제 기분 좋게 코까지 골아대며 자고 있다. 무엇이 문젠가. 사람도 자고 닭도 자고 개도 자고 깨어 있는 것은 오직 창 밖의 가로등과 나뿐. 드디어 나는 일어났다. 야반도주, 얼마나 가슴 떨리게 신나는 일이냐. 나는 살금살금 마루를 나와 신을 꿰어신고 마당으로 내려섰다. 대문을 열려고 하는 찰나, 우리집 강아지가 저도 개라고 캥 짖는다. 나야 나, 이 바보야, 나라니까. 니 주인도 몰라보냐? 깨갱거리는 개 소리에 아이가 깨어나서 앵앵거리며 제 어미를 찾는다. 산통은 다 깨졌다. 새벽 3시에 떠날 수 있었던 괴테는 얼마나 행복한 사내냐.

친구에게서 전화가 왔다.
"나여."
"뭔 일이여?"
"나와."
"못 나가."
"빼기는 나오랑게. 널 보고 싶어하는 사람이 있어서 그래."
"못 나간당게."
어떡하든지 나를 빼내고 싶은 친구는 전화번호를 남긴다, 나오게 되면 혼자 와야 한다는 말과 함께. 비가 철철 내리는 장마철 저녁 무렵이었다. 비가 오면 몸이 아픈 남편, 초저녁 잠이 많은 갓난이, 새벽 잠이 많은 우리집 딸년들. 내가 이들을 두고 어디를 갈 수 있단 말인가. 온통 나만 바라보는 저 눈들을 어찌 떼어놓을 수 있단 말인가. 그래도 못 간당게 못 가, 해놓고부터 내 마음은 싱숭생숭해지기 시작했다. 바야흐로 바람이 들기 시작한 거였다.
아직 날이 훤한데도 저녁밥을 차린다. 맹랑한 작은딸년이 제 어미를 야유한다.
"아침 먹고 점심 먹고, 점심 먹고 저녁 먹고 에유우 먹고살기도 되다, 돼."

그래도 저녁밥들을 맛있게 먹어주는 것이 고맙다.

"야, 이빨 닦고 세수해."

나는 이부자리를 펴며 아이들을 채근한다. 아니, 닦달한다.

"아직 일곱시도 안됐는데 자라고?"

"밥 먹었응게 자야제. 할 일이 뭣이 있어."

나는 자리에 턱 눕는다. 시간도 시간인지라 잠이 올 리 없다. 날은 후덥지근하다. 비는 줄기차게 내린다. 매일 보는 일일연속극도 통 재미가 없다. 벌떡 일어나 텔레비전을 끈다. 귓전에는 아직도 나오라는 친구의 목소리가 쟁쟁 울린다. 전화가 한번만 더 와준다면. 그러나 전화를 해도 나오지 않는 사람한테 전화번호까지 남겼으니 다시 전화가 올 리 없다. 전화를 기다리는 사람은 내가 아니라 친구일 것이다. 당장이라도 나여 나, 나 갈 때까지 그곳에 있어,라는 전화를 하고 싶다. 아이들은 9시, 10시면 잠을 잘 것이다. 그 시간이면 친구도, 친구와 함께 있는 나를 보고 싶어하는 사람도 그 자리에 있지는 않을 것이다. 바싹바싹 조바심이 났다. 도저히 가만히 앉아 있을 수가 없게 된 나는 식구들을 한자리에 소집하여 거두절미하고 외출을 좀 해야겠으니 나를 막지 말라고 통보하였다. 그랬더니, 이것이 웬일인가.

"그래."

나는 맥이 탁 풀리고 말았다. 이렇게 선선한 것을 그동안 나 혼자 전전긍긍했다니. 눈물이 날 것 같았다. 나는 서둘렀다. 빗속의 밤 외출이라. 더구나 이 밤에 나를 보고 싶어하는 사람이 내가 향해 가는 그곳에 있다. 나는 입던 옷 그대로 집을 나섰다. 내가 대문을 나섬과 동시에 갓난이가 울어젖히고 그 순간부터 남편과 딸들에게는 전쟁 같은 시간이 시작되었지만 나는 그 모든 집안 상황을 나 몰라라 하기로 마음먹었다.

고물 티코차를 몰고 친구가 기다리고 있는 장성으로 갔다. 내가 살고 있는 곡성에서 장성까지는 평상시 같으면 한시간 정도 걸릴 거리지만 밤이고 비조차 오는데다 내가 손수 운전을 해서 찾아가기는 처음이라 몇시간이 걸릴지 모를 일이었다. 그래도 나는 행복했다. 내 몸에서 아이를 떼어놓았다는 그 한가지 사실만으로도 내 몸은 새털같이 가벼웠다. 고속도로를 벗어나 국도로 접어들었다. 찻길 양켠은 울창한 플라타너스가 터널을 이루었다.

차를 몰고 그냥 스쳐지나기에는 아까운 길이었다. 차에서 내려 길가에 한참을 서 있었다. 우산도 접었다. 찬 빗물이 머리카락을 적시고 옷을 적시고 신발 속으로 스며들었다. 앞쪽으로는 계단식 논들이 이어져 있었다. 논에는 심은 지 얼마 되지 않은 어린 벼들이 빗물을 흠뻑 받고 출렁거렸다. 플래시 등불이 논두렁에서 움직이고 있었다. 비가 오는 밤, 농부가 자식 같은 벼들이 자라고 있는 논에 나와 물꼬를 보고 있는 거였다. 왠지 가슴 한켠이 시큰해왔다. 그러면서 뭔가 든든해지기도 했다.

사람의 아버지인 농부들, 비가 오는 밤 잠들지 못하고 오는 비를 그대로 맞으며 물꼬를 보는 '아버지' 농부들이 있기에 우리는 이 밤도 편안할 수가 있는 것이다. 농부는 우리 모두의 아버지다. 땅은, 대지는 우리의 어머니이고. 아버지 어머니가 오는 비를 그대로 맞고 있는데 자식인 내가 어찌 그 비를 맞지 않을 수 있겠는가. 그런 생각으로 시간이 많이 지체되었다. 친구와 그 사람은, 나를 보고 싶어한다는 그 사람은 아직 거기 있을까. 아, 그러나 그들이 그곳에 있지 않다고 그것이 무어 그리 큰일이랴. 나는 그들로 인해 집을 나왔고 그 덕분에 이 한밤의 수고를, 노동을, 한밤에도 출렁이는 벼들을, 비를 만날 수가 있었는데. 나는 길을 나섰고 그 길에서 많은 것들을, 그 길을 나서지 않았더라면 보지 못했을 소중한 것들을 만났는데 말이다. 그러니 이제 그들이 그곳에 없다 해도 그만 아니겠는가. 그 밤에 내가 만난 것들이 어찌 아버지 농부와 어머니 대지와 그들의 수고와 노동뿐이었겠는가. 그칠 줄 모르고 내리는 비는 아버지 농부에게는 수고를 요구하고 어머니 대지에게는 시련이 될지라도 자식인 나에게는 안식이 되어주기도 하는 것을. 철없는 안식일지라도. 모든 인간의 '어린것'들은 아버지 엄니의 수고를 거름 삼아, 철없는 한때를 양분 삼아 자란다.

그 밤에 친구와 나를 보고 싶어한다는 사람은 끝내 보지 못했다. 나중에도 나는 친구에게 그 사람이, 나를 보고 싶어한 그 사람이 누구인지 묻지 않았다. 그리고 나는 앞으로도 묻지 않을 것이다. 그 사람은 이미 내 안으로 들어왔다. 그리움이라는 이름으로 들어앉았다. 사람을 만나지 못한 나는 그다지 실망하지도 않았다. 다시 빗속을 뚫고 플라타너스 울창한 국도를 달려 묘지로 갔다.

밤의 묘지에는 고요하고도 은밀한 속삭임이 있었다. 나는 유령들과, 혹은 밤의 정령들과 대화를 나누었다. 말할 수 없는 친밀감이 나를 감쌌다. 이제는 가고 없는 많은 그리운 사람들과도 두런두런 말을 나누었다. 이제 밤 외출이 아니라 밤 소풍이 되었다. 나는 묘지 사이를 이리저리 걸어다녔다. 혹은 비석에 몸을 기대어 앉기도 했다. 눈물이 났다. 그것은 말할 수 없이 따뜻한 느낌이었다. 죽은 이들에게서 산 사람이 위안을 얻는 거였다. 그들은 내게 말했다. 이봐 헤맬 것 없어. 힘들면 가끔 오라구. 다른 건 못해줘도 눈물 흘리는 것 바라봐줄 수 있어. 이제 가서 또 열심히 살아야지. 가족들이 기다리고 있을 거야. 집으로 가봐야지 않겠어? 가족들이 깨어나기 전에 들어가라구. 가서 식구들 있는 데서 아침을 맞으라구. 우린 날이 새면 잠을 자야 하거든. 그것이 죽은 사람과 산 사람이 다른 거야. 그들은 내게 다정한 친구처럼 말했다. 마음껏 눈물을 흘려도 괜찮은 곳, 그곳이 밤의 묘지였다.

나는 힘을 얻었다. 이제 집으로 가면 나는 또 밥을 하고 빨래를 하고 청소를 하고 아이들에게 잔소리를 하는 엄마가 될 것이다. 원고 독촉전화에 본의 아닌 거짓말도 하게 될 것이다. 그러고보니 나를 보고 싶어하는 사람들은 죄다 그곳, 집에 있었다. 하지만 서두르지는 않았다. 나를 보고 싶어하는, 집에 있는 나의 사람들은 내가 아무리 천천히 간다 한들 언제까지나 내가 오기를 기다려줄 것이므로, 내가 늦게 나타났다고 어딘가로 가버리거나 그런 일은 하지 않을 사람들이므로. 돌아갈 곳이 있다는 것은 참 좋은 거였다. 내가 바라보고 가는 무등산 등성이 너머로 아침놀이 떠오르고 있었다.

나는 지금 다시 괴테의 이딸리아 기행문을 읽는다. 그리고 언제나와 마찬가지로 책의 맨 첫구절에 가슴 설레고 있다. 새벽 3시에 칼스바트를 몰래 빠져나왔다,라는 그 첫문장에. 끝없는 반복의 묘미, 삶은 그런 것이다.

밤 마실

워낙 시골에 살다보니까 이따금 밤에 외출을 하고 싶을 때, 아무곳에도 가지 못하는 것이 갑갑할 때가 있다. 일순간에 사방이 적막과 어둠에 잠겨버리는 시골의 밤은 너무나 꽉 조인 '도덕적인 밤'이 된다. 도시의 밤 문화에 익숙했던 나같이 적당히 '타락한' 사람에게 시골의 밤은 그야말로 뼈를 깎는 청교도적인 자질을 요구하는 것이다. 도시살 때, 그 시간대가 초저녁이든 오밤중이든, 마음이 동하면 아무때나 그리고 아무곳에나 갈 수 있었는데, 사방이 캄캄해진 밤에 그저 집안에서 어슬렁거려야만 하니 시골생활이 견딜 수 없이 짜증이 나곤 하는 것이다. 낮이나 밤이나 갈 곳도 없고 찾아오는 이도 없는 마치 무인도에 사는 것 같은 고립감에 시달리던 끝에, 밤에 그나마 불빛이 환한 곳을 찾아간다는 것이 기껏해야 한 삼십분 정도 걸어가야 닿을 수 있는 면소재지이다. 그곳에 가면 완전한 고독감에서 오는 완전한 자유로움을 얻을 수 있을지도 모른다는 어떤 기대가 생긴다. 시골의 술

집, 시골의 다방, 말하자면 시골의 유흥가라는 것이 도시인들의 눈으로 보면 조잡하거나 생뚱맞아 보일지 모르지만 내내 적막과 어둠만의 밤시간에 익숙한 시골 사람들의 눈에는 그것도 굉장한 환상을 주는 것이라서 조그마한 면소재지의 밤은 그나마 남아 있는 '농촌총각'들에게는 도시를 향한 그리움을 다소나마 해소할 수 있게 해주는 유일한 통풍구가 되어주고 있는 셈이다.

도시 때를 아직 완전히 벗지 못한 나 또한 부나비가 불을 찾아가듯 소읍의 밤거리를 혼자서 기웃기웃하며 다니다가 길거리에서 아는 사람을 만났다. 아니, 나는 그들을 알지 못하지만 그들이 나를 알아보았다고 해야 정확하리라. 바로 그 순간부터 나는 자유롭지 못한 사람이 되고 말았다. 아무도 나를 알아보지 못하리라 여기고 나오는 행동과 나는 모르지만 나를 알아보는 사람이 있을 때 나오는 행동이 어떻게 다른가. 그 지독한 곤혹스러움을 경험해본 사람은 알 것이다. 그들은 나보다 나이가 아무리 많아도 나에게 꼬박꼬박 듣기에도 남세스러운 '작가선생님'이란 호칭을 썼다. 그때부터 완전한 고독감에서 오는 완전한 자유로움 같은 것은 없어지고 만다. 시골의 소읍 어디나가 그러하듯이 중심가라 할 수 있는 버스정류장 근처를 황급히 벗어나는 수밖에 내가 취할 수 있는 행동의 여지는 없어지고 만다. 무슨 죄지은 사람처럼 얼굴이 화끈거려서 인적이 뜸한 '변두리'를 일없이 배회하다가 어떤 한 곳을 찾아 들어가기는 들어갔다.

우리집 세살쟁이는 그 가게를 좋아했다. 그 가게란 다름아닌 배회하던 내가 찾아 들어간 바로 그곳이었다. 나는 처음에 그곳이 가게인 줄도 몰랐다. 간판도 없고 하다 못해 문짝이나 어디에 무엇무엇 팝니다,

란 글귀 하나 씌어 있지 않았기 때문이다. 그런데도 울아기는 나하고 저하고 나들이 갔다 오는 길에 그곳을 그냥 지나치지 않고 제 엄마인 나를 자꾸만 그곳으로 끌어댔던 것이다. "왜 그러니, 아가?" 나는 울아기가 도대체 어디로 가자고 갑자기 생떼를 부리는 건지 알 수 없어 사방을 두리번거렸다. 내가 그러는 새에 이 세실쟁이는 바로 그 집의 잘 열리지 않는 알루미늄 새시 문을 여느라 낑낑대고 있었던 것이다.

그 집 안엔 알록달록한 사탕이 가득 담겨 있는 유리상자가 있었다. 울아기가 그 집 문을 열어 보이기 전에는 상상도 못한 것이었다. 그 집 안엔 또뽑기 판이 있었고 그 집 안엔 꽈배기가 있었고 그 집 안엔 풍선껌이 있었고 그 집 안엔 하여간 없는 것 없이 있을 것은 다 있었다. 어디 그뿐이랴, 구석진 한켠엔 작은 원통의 연탄화덕이 있어서 실제로 사내아이들 두엇이 연탄화덕 가까이 머리를 모으고 무엇인가를 열심히 굽고 있는 중이었다. 냄새로 봐서 그것은 아마 쥐치포였을 것이다. 바로 그때 모자에 먼지를 잔뜩 뒤집어쓴 '공공근로' 아저씨 두 사람이 들어왔고 쥐치포를 굽고 있던 사내아이 둘은 자연스럽게 어른들에게 자리를 내주고 가게에서 방으로 이어지는 토방에 주질러앉아 여전히 머리를 맞대고서 방금 구어낸 쥐치포를 맛나게 뜯어먹는 것이었다.

어른 손님이 들어오자 방문이 열렸고 안에서 뜻밖에도 젊은 부인이 아기를 업고 나왔다. 왜 뜻밖이라고 생각했던 것일까, 나는. 그렇게 외지고, 그렇게 오밀조밀하고, 그렇게 작은 가게의 주인이라면 주인도 꼭 그러할 것만 같았다. 주인도 그 가게처럼 어쩐지 작고 외롭고 그리고 마음씨는 착한 할머니쯤 되지 않을까, 하는 상상을 나도 모르게 했었는지도 모르겠다. 그러나 문을 열고 나온 주인은 키가 몹시 커 보이는, 그래서 어쩐지 싱거워 보이는 젊은 부인이었다.

나는 그곳에서 아이가 사달라는 대로 다 사주었다. 어쩐지 그러고 싶었다. 그건 안돼, 그러면 못써요, 하는 소리가 그 가게에서는 어쩐지 어울리지 않을 것 같았다. 실제로 다 사주고도 내 수중엔 얼마간의 돈이 남아 있었다. 얼마간이라니, 아기가 사달라는 대로 다 사준 것이 겨우 몇백원어친데. 아기한테 사줄 것은 다 사주고 그랬으니 이제 내 볼일도 다 끝난 셈이다. 나 같은 사람이 그런 가게에서 볼일이란 게 무엇이 있단 말인가. 두부를 파는 것도 아니고 콩나물을 파는 것도 아니고 파는 거라곤 단지 조제원을 알 수 없는 알록달록한 사탕과 불량기름에 튀겨낸 꽈배기, 사카린 쳐서 튀겨낸 뻥튀기, 먼지와 함께 녹여내는 또뽑기, 그리고 평생 그것으로만 살아온 것 같은 늙은 남자들이 들이켜는 탁배기 몇잔, 그것이 전부인 그 가게에서 내게 볼일이란 아무것도 없었다. 그 부인도 곧 나갈 나와 우리 아기를 위해서 바람이 들이치는데도 손님들 가시기 좋게 잘 열리지 않는 문을 열고 서 있는 것이 아니겠는가. 우리들의 편의를 위해서 본인의 아기는 찬바람을 맞는데도 말이다.

나는 얼른 그곳을 나와야만 했는데도 이상하게 자꾸만 미적거렸다. 뭔가 더 볼일이 남아 있는 것만 같은 느낌이 나를 쉬이 밖으로 나서지 못하게 하고 있었다. 정확히 말하자면 나는 그랬다. 공공근로 아저씨들이 어서 술을 마시고 밖으로 나가주기를 기다렸던 것이다. 그리고 내가 바로 그 자리에 앉고 싶어서 그렇게 미적거렸던 것이다. 내가 아주 쉽게, 아줌마, 저 막걸리 한잔 주실래요? 했으면 그 집 주인인 그 젊은 아기엄마는 순순히 그러셔요, 하고서 잰 걸음으로 술과 술사발 그리고 아저씨들이 먹는 것과 똑같은 신김치 한 접시와 된장과 오이가 놓인 쟁반을 가져다주었을지 모른다. 정 자리가 없으면 그 집 부엌에라도 차려놓고 나를 불렀을지도 모른다. 나중에 또 한번 들렀던 그 집에서 이웃동네 아주머니들이 술청을 남정네들에게 빼앗기고 그 집 부엌에서 술추렴들을 하고 나오는 것을 보았었다. 어쨌거나 지난봄과 여름과 가을과 겨울이 가는 동안 나는 우리집 세살 먹은 아기 손에 이끌려 그 집엘 빈번히 드나들었고 그때마다 딱 한번만 그렇게 해보자고, 내 딴에는 용기를 내어 아줌마한테 술을 한잔만 가져다달라고 말하려고 무진 애를 써봤는데도 한번도 그리하지를 못하고 지난 일년이 다 가고 말았다.

언젠가 우리집 큰애들이 하도 집안에서 싸워쌓길래, 집안에서 싸우지만 말고 아기 데리고 밖에 나가 놀라고 했더니 저희들끼리 뭐라고 뭐라고 '모의'들을 하고 난 뒤에 막내인 세살쟁이를 데리고 나가더니 어디선가 한물간 지난 세월의 먹거리들을 잔뜩 사가지고 왔더랬다. 그 집엘 아기 손에 이끌려 들어가보고 나서야 그때 울아기들이 사온 그것들이 다 이 집에서 사온 것들임을 알았다. 세살 먹은 아들놈은 제 누나들 따라 이곳에 왔던 것을 용케 잊어먹지도 않고 있다가 이제는 제가 나를 데리고 그 집엘 들어간 것이다.

그렇게 아들놈을 통해서 알게 된 그 집에 나는 그 밤에 들어가게 된 것이다. 이제야말로 그토록 소원해 마지않던 연탄화덕에서의 술먹기를 시도해보려는 순간이 다가온 것이다. 가게 문은 여전히 잘 열리지 않았다. 뭐가 잘못됐는지 알루미늄 새시 문은 징그럽게도 말을 잘 듣지 않았다. 더구나 날씨마저도 싸늘했다. 소읍 중심가에서도 한참 벗어난 이곳을 그리고 그 시간에 찾아올 손님은 나말고는 있지도 않을 것 같았다. 더군다나 요새같이 먹을 것 많은 세상에 안주도 변변찮은 집에 누가 오겠는가 말이다. 그런 생각이 나를 용기백배하게 했는지도 모른다. 잘 열리지 않는 문을 여느라 나는 한참을 씩씩대는데 안쪽에서 누군가가 문에 손을 대는 순간 문이 화르륵 열렸고 그 서슬에 나는 길바닥에 그대로 나가떨어지고 말았다. 내가 나가떨어진 것은 꼭 문 때문만은 아니었던 것이 문을 열고 나오는 사람이 바로 우리 동네 부녀회장이었다. 나도 놀랐고 부녀회장도 놀랐다. 그이의 손에는 막걸리 병과 과자가 든 비닐봉지가 들려 있었다. 동네 아줌마들이 밤 마실을 왔는데 입이 심심해서 이렇게 술추럼이나 하려고 나왔다고 부녀회장은 내게 귓속말을 했다. 누가 뭐라고 하지도 않았는데 자주는 아니고 가끔 그런다는 사족을 덧붙였다.

그날 뒤로 나는 이제 더이상 밤에 불빛을 찾아 면소재지에 나가지 않는다. 대신 아주 심심해지면, 부녀회장 댁으로, 혹은 혼자 사는 할머니들 집으로 밤 마실을 나간다. 아기를 업고 나갈 때도 있고 혼자 갈 때도 있다. 어떤 때는 한잔 막걸리에 추운 줄 모르고 돌아올 때도 있고 고구마 한 개밖에 깎아먹지 못해서 배가 출출해서 돌아오는 날도 있다. 어찌됐건 이제 나도 촌아줌마가 다 되어가는가. 그런 것 저런 것 생각하다가 아무도 모르게 혼자, 바보같이 웃어본다.

순후와 질박함에 대하여

　이따금씩, 아주 가끔 내가 살고 있는 공간이, 나의 삶이, 내 살아가는 방식이, 아니 거창하게 말할 것도 없이 내가 먹고 있는 음식, 내가 입고 있는 옷들이 싫어지고 거추장스럽게 여겨질 때가 있다. 그럴 때는 청소하는 것도 빨래하는 것도 설거지하는 것도 귀찮아지고 의미 없어지고 오직 이곳이 아닌 다른 곳을 꿈꾸게 된다. 이곳이 아닌 다른 곳이라면 적어도 내가 이러고 살지는 않을 텐데, 하는 막연한 꿈. 그럴 때면 나는 하던 청소도 일시 중단하고, 설거지, 빨래도 미뤄둔 채 무작정 집을 나선다. 집을 나서면 어디로 가나. 막상 대문 밖을 나서면 갈 데가 없다는 것을 나는 잘 안다. 하지만 이왕 나섰으니 가볼 수밖에. 왜냐하면 갈 데는 없다 해도 다시 집안으로 들어서는 것은 집밖으로 나서는 것보다 더 좋을 리는 없으므로. 갈 곳 없다고 다시 집안으로 들어선다면 나는 필시 엉망이 되고 말 것이다, 마음도 생활도.
　정녕 갈 곳이 없는가. 꼭 그렇지는 않다. 갈 곳이 없다는 말을 역으로 해석하면 갈 곳이 너무나 많다는 말과 같다. 갈 곳이 정해져 있다면 우리는 오직 그 한 곳만을 가야 하지만 그렇지 않으니 천지 사방이 다 내가 갈 수 있는 곳이 되는 것이다. 이제 세살 난 아들녀석을 고물 티코차에 부착한 유아용 시트에 단단히 비끄러매놓고 나는 운전대를 잡는다. 시골길은 한가하다. 군데군데 참깨나 고추를 말리는 농부들이 보인다. 그 옆을 지날 때면 좀 천천히 달린다. 내가 집을 나서서 주로 달리는 길은 보성강변 길이다. 햇빛은 투명하고 길 가녁에 이제 피어나기 시작한 코스모스가 앙증맞다. 마을이 자리하고 있다. 강마을이다. 나는 마을 입구 정자나무 아래 차를 세우고 차만 타면 잠이 드는 아들을 포대기에 업고 마을 안으로 들어선다. 뉘 집에 온 손님인가, 하고 마을 사람이 나를 바라본다. 나는 스스럼없이 다가간다.

"고추를 참 많이 따셨네요?"

마을에 사는 사람들은 거개가 나이 든 사람들이다. 그들은 낯선 사람이 하나도 낯설어하지 않으며 말을 붙이면 그들은 하나도 낯설어하지 않으며 대답한다. 참으로 순박한 음성으로, 거기에 덤으로 미소까지 얹어서 예에, 한다. 그러고 나서 뉘 집에 오셨느냐, 묻는다. 나는 또 스스럼없이 대답한다.

"마을 구경 왔어요."

그러면 그들은 또 어김없이 말한다. "이런 촌에 뭐 볼 게 있다고." 나는 그러면 또, "촌이니까 볼 게 많지요" 한다.

고추를 말리는 할머니 옆에 아이를 돌려안고 나는 가만히 앉는다.

"할머니 집은 어디세요?"

"저기여."

"할머니 집 구경해도 돼요?"

"구경이야 해도 되지만, 심란해서 원."

나는 할머니를 자박자박 따라간다. 사립문 옆에 감나무가 있고 마당 한 귀퉁이에 샘이 있고 안 가꾼 듯 가꾸어진 화단에는 붉은 맨드라미와 분홍 족두리꽃과 노란 분꽃이 화사하다.

"할머니는 누구랑 사세요?"

마루에 걸터앉아 내가 누구랑 사느냐고 묻는 사이에 할머니는 어느 틈에 냉수 사발을 건네준다. 나는 맛난 물을 단숨에 들이켠다. 그러고 나서 빼놓지 않고 인사를 차린다.

"이럴 줄 알았으면 막걸리라도 받아오는 건데."

"막걸리는 무슨, 집에 술 있는데 한잔 마실라요?"

"아이고, 아닙니다."

나는 기쁘게 사양한다. 우린 오래 전부터 알았던 사람들처럼, 어머니와 딸 사이인 것처럼 다정해진다.

이렇듯 낯선 사람을 보고도 하나도 낯설어하지 않는 시골 사람들이 나는 좋다. 처음 보는 사람인데도 하나도 낯설지 않은 시골 사람들, 정확히 말해 시골 할머니들에게서 나는 늘 위안을 얻는다. 돈이 많은 사람, 권력을 가진 사람, 육체가 너무 건강한 사람, 아는 것이 너무 많은 사람들 앞에서는 무형의 저항감을 느낀다. 가진 것 없고 그 생애 자체가 희생으로만 점철된 시골 할머니들의 순후한 인정이, 그것이 비록 냉수 한사발의 인정이라 할지라도 나는 사람을 반기고 사람을 사람으로 보고 사람을 섬기는 그 선한 눈빛이 좋아 어찌할 줄 모르겠다. 이제 이 한 시대가 또 정처없이 흘러가버리면 그들은 가고 그들의 인정도 끊기고 그 순후와 질박함 또한 영영 사라져버릴 것이다. 나는 그것이 두렵다. 끊어져버리는 것이 두렵고 사라져버리는 것이 두렵다. 이제 세상은 온통 아는 것 많은 사람들만의 세상이 될 것이고 돈 많은 사람들만의 세상이 될 것이고 사람을 경계하는 사람들만의 세상이 될 것이고, 그럴 것이고…… 나는 절망한다. 그러면, 내 지친 영혼은 어디 가서 위안을 얻나, 잃어버린 고향을, 어머니를 어디 가서 찾나.

내가 왜 이렇게 지치나, 무엇 때문에 이렇게 힘들어하는가, 늘 모르고 지내오다가 그 할머니들을 보고 나서 나는 내가 결국은 고향을 잃어버려서, 어떤 정신적 유토피아를 잃어버려서 그렇다는 걸 알게 된다. 아이를 업고 마을을 돌아나오며 내 아이들에게 내가 바로 그런 어머니, 고향 같은 어머니가 되어야겠다는 깨달음을 얻는다.

나는 다시 집으로 돌아온다. 정성 들여서 청소를 하고 밥을 짓고 빨래를 하고 바느질을 하고 푸성귀를 가꾼다. 그러면서 나는 어떻게 늙어갈 것인가를 생각한다. 늙는 생각을 하게 되면 나는 오래된 마을을 생각할 때 그런 것처럼 아주아주 포근해진다.

나쁜 엄마

밥에 대하여

나는 아직도 엄마로서는 전근대적이다. 왜 그런가. 우리 어머니가 나를 그 자신이 크던 방식으로, 즉 우리 외할머니가 우리 어머니 키우던 방식으로 어머니는 나를 키웠기 때문이다. 밥에 대해서 이야기해보자. 우리 어머니 크던 시대, 정확히 말하면 1940년대는 먹을 것이 없던 시절이라는 것을 우리는 알고 있다. 그 시절이 얼마나 없던 시절인가를 우리는 우리가 살아보지 않았어도 그 시대를 산 사람들의 입을 통해서 누누이 들어왔던 터이다. 먹을 것이 생기면 외할머니는 무조건 자식들 입에 넣어줘야 했다. 그것은 본능이었다. 새끼를 낳은 어미로서의 짐승스러운 본능이었다. 그러한 어미로서의 본능이, 생명을 잉태하고 낳고 기르는 그 본능들이 있어서 생명의 역사는 계속되는 것이다.

밥을 굶어야 할 만큼 먹을 것이 아주 없는 시대도 아니었지만 그렇다고 먹을 것이 넘쳐나는 풍요의 시대는 더더욱 아니었던 내 어린 시절에 우리 어머니가 우리에게 그렇게 하셨듯이, 나 또한 우리 아이들에게 무엇이든 '먹을 것'을 강조한다. 나 크던 시절만 해도 사실 먹을 것이라곤 밥뿐이었다. 6,70년대의 시골 사정이 그랬다. 밥 이외의 맛난 먹을 것이라고는 돈 주고 사서 먹는 것이 아니라 이녁 손으로 산야에서 직접 채취한 열매나 과일 들뿐이었다. 밥 이외의 다른 것이 먹고 싶다면 본인이 집밖 아무데고 나가 자기 손으로 따먹거나 훑어먹거나 캐어먹어야 했다. 산야에 아무것도 나지 않는 겨울에는 그래서 설을 눈이 빠지게 기다렸다. 설에 가서야 내 공력 안 들이고도 온갖 맛난 것을 내 입에 넣을 수가 있었다. 어찌됐건 우리는 밥을, 너무너무 맛있게, 너무너무 열렬하게 먹어댔다. 그러고 나서 일했다. 아침에 넣은 밥은 금방 꺼졌다. 그러면 또 점심도 야무지게 먹었다. 점심은 여름에는 감자, 겨울에는 고구마가 주였다. 무엇이 됐건 끼니때가 되면 사정없이 먹을 것 놓인 곳으로 달려들었다. 그러고 나서 또 일했다. 저녁밥 먹고 나서는 그대로 곯아떨어졌다. 밥 먹고 일하고 자는 그 단순한 생활이 나를 키웠다. 나는 그렇게 컸다. 그런데, 나는 그렇게 컸는데, 그리고 나는 내 아이들도 내가 크던 방식으로 키우고 싶은데, 반찬이라곤 배추김치도 아니고 무짠지에 새우젓만으로도 밥 한그릇씩 뚝딱 해치우고 밥살 오른 볼따구니에 홍조를 피우던 내 어린 시절처럼 그렇게 키우고 싶은데 그것이 마음대로 안되는 것이 문제였다.

단순한 생활은 사람을 건강하게 만든다. 내가 바로 그 산 체험자가 아닌가. 그런데 요즘 아이들은 어찌 그다지도 본 것도 많고 들은 것도 많고 아는 것도 많은지, 그리하여 본 것 많고 들은 것 많고 아는 것 많은 만큼 생각들도 많은지, 내가 감당할 재간이 없다. 나는 그저 어미가 자식에게 해줄 수 있는 것은 삼시 세때 밥 해 먹이는 것이 다인 줄로만 알았다. 그래서 끼니때면 나름으로는 정성과 최선을 다해, 내가 할 수 있는껏 밥상을 차리고는 했다. 그것도 백번 내가 양보해서 그러는 것이다. 아무리 우리 어머니가 나 키우던 방식으로 키우고 싶고 그래도 별탈 없다는 것 잘 알지만 그래도 우리 새끼들 말마따나 세상이 변한 것은 인정해서 하는 짓이다. 옛날 방식 그대로 한다면 어디서 어미가 삼시 세때 꼬박꼬박 새끼들 밥을 챙길 수 있단 말인가. 배고픈 놈이 알아서 챙겨 먹는 것이지. 그래도 어찌됐든, 우리 딸 말마따나 저희들도 알고 보면 무지하게 바쁘게들 살고 있고 또 그렇게 살아야만 경쟁에서 뒤지지 않는다 하기에 나 또한 바쁘지만 내 자식 밥 정도는 그래도 내 손으로 챙겨줘야 하겠기에 밥상을 떡 하니 차려두면, 그 다음이 문제가 되곤 하더란 얘기다. 내가 하고자 하는 얘기는.

어떻게 밥상을, 그것도 제 어미가 차린 밥상을 외면할 수 있단 말인가. 나는 밥을 차렸다. 그래놓고 밥 먹자고 아이들을 불렀다. 나 크던 때를 생각하면 부아날 일이다. 도시에서 큰 사람들은 어땠는지 모르지만 시골 아이들은, 특히 시골의 여자아이들은 그리고 적어도 나는 그렇게 크지는 않았다. 엄마가 밥 다 해놓고 불러도 밥상 앞으로 냉큼 오지도 않는 우리 아이들 같지는 않았다. 국민학교 3학년쯤만 돼도 그 고사리 같은 손으로 돌확에 보리쌀을 갈고 간 보리쌀을 삶아서 그 위에다 쌀 한주먹 얹어서 아궁이에 불을 지펴 밥을 해냈다. 의기양양하게 밥을 해냈다. 그러면 해가 다 넘어갈 때까지 들에서 일을 하고 온

엄마는 그냥 조용히 미소를 보내주었다. 미소라고 해놓고 나니 뭔가 도회적인 느낌이 나는데 그런 미소라기보다는 그냥 픽 웃었다고 할까. 엄마는 그냥 픽 웃고 머리에 묻은 검불을 툭툭 털었다. 아직도 그 모습이 눈에 선하다. 나는 그렇게 컸는데, 그런데 요즘 아이들은, 우리 아이들은 그렇지를 않다는 말이다. 그래서 나는 화가 났다.

"아니, 이것들이 밥상을 차려놔도 오지를 않네."

내 언성이 좀 높아져서야 무슨 짓들을 하다가 오는지 부리나케 밥상 앞으로 모여든다. 나는 세 놈 다에게 고봉밥을 퍼준다. 그럴 때 일차적인 승강이가 벌어진다. 서로들 적게 푼 밥그릇을 차지하려드는 것이다. 전근대적인 방식으로 큰 내 머리로는 아이들의 밥그릇 쟁탈전을 이해할 수가 없다. 이해할 수 없을뿐더러 밥 적게 먹는 새끼가 밉다. 그래서 자꾸 더 먹으라 한다. 텔레비전에서 아이들의 비만을 걱정하는 엄마들 소리가 나오면 그 또한 내게는 딴 세상 얘기 같다. 우리 아이들은 아무리 봐도 어미인 내 눈으로 보면 약하기만 한데, 뚱뚱이가 되어도 좋으니 그저 밥 많이 먹고 씩씩하기만 하면 좋을 것 같은데, 세상 돌아가는 판세나, 우리 아이들 하는 짓이나 영 내 맘에 들지 않기는 마찬가지다.

텔레비전에서 북한 아이들 모습이 나왔다. 이제 한 세상 살 만큼 산 어른들이야 그렇다 치고 어린것들이 먹을 것 없어 장바닥을 헤매는 처절한 모습이란 차마 눈뜨고 보지 못할 형상이다. 아이 키우는 어미 입장에서 세상의 아이들은 다 내 아이들 같다. 추위에 떠는 어린것들, 어른들의 횡포에 주눅든 어린것들, 먹을 것 입을 것이 없어 헤매는 어린것들이 다 내 속으로 들어와 내 가슴에서 피가 흐를 것 같다.

자고로 어른은, 세상의 부모 된 이들은 어린것들 입에 꼭 맞난 것이 아니더라도 아이들의 배를 채울 음식을 그 아이들의 입속에 넣어주어야만 한다. 어린것들 입에 넣어줄 것들을 만들어내야 한다. 그러지 않으면, 그러지 않는다면 어른도 아니고 부모도 아니다. 나는 오늘도 내 아이들의 입속에 조금이라도 더 믹을 것들을 넣어주지 못해 안날을 한다. 어린것들 입속에 넣어줄 무엇인가를 끝없이 찾아내고 만들어내는 것이 내 하루 일과요, 내 일이고, 내가 살아가는 이유이다.

옷에 대하여

먹을 것을 충분히 마련해놓고 그것이 아이들 입속에 마저 다 들어가는 것을 내 눈으로 보고 난 뒤에 어린것들의 어미로서 또 내가 할 일이 있다. 어린것들의 맨살을 감쌀 옷을 마련하는 일이다. 아이 키우는 사람의 계절감각은 늘 현실의 계절보다 한발 앞선다. 봄 되면 여름이고 여름 되면 가을이고 가을 되면 벌써 겨울이다. 온도가 높아지면 어미들은 아, 이제 죽지는 않겠군, 얼어죽을 염려는 없어, 그러면 됐지 싶어진다. 가을 되면 나는 벌써 두꺼운 내의를 준비한다. 그러다가 또 자식과 어미 사이에 승강이가 벌어진다. 나는 자꾸 하나라도 더 껴입히려고 하고 아이들은 하나라도 덜 입으려고 한다. 아이들은 아이들대로 무슨 패션감각이라는 것이 있어 옷에 대한 선호도가 뚜렷하다. 나는 그것이 없다. 아무 옷이나 그저 추위를 막을 수 있다면, 더위를 가릴 수 있으면 된다는 식이다. 모양이 무슨 문젠가. 그저 활동하기 편하고 저희들 크는 데 방해만 안되면 그 옷이 좋은 옷이다. 무슨 어린 아이들에게 레이스 주렁주렁 달린 드레스가 필요한가. 그런데도 내 딸들은 제 어미의 둔한 패션감각을 성토한다. 지난번에는 큰놈이 아무 탈 없는 청바지 무릎을 찢어놨다. 이것이 무슨 일이냐, 하고 애 키우는 엄마가 자식 바지 뜯어진 줄도 모르고 있었던 내 무심함을 탓하며 내 딴에는 태 안 나게 한다고 아주 어려운 공정으로 뜯어진 청바지 무릎을 재봉질해 내밀었더니 큰놈이 제 어미의 성의를 싹 무시하고 재봉질한 부분을 다시 뜯어놨다. 기우고 꿰맨 옷이라도 깨끗이만 입으면 된다고 야단을 쳐놨더니 그런 옷은 엄마나 입으란다. 어디 그것뿐인가. 양말도, 아이들이 신지 않는 아이들 양말을 내가 신는다. 목 부분이 조금만 늘어나도 휙 내놓고 빨간색은 안 신고 뭐 그런 식이다. 큰딸 발하고 내 발하고 비슷해서 그런 양말은 죄다 내 차지가 되었다.

　가난한 시절의 어미들은 아이들 키우기가 훨씬 수월했을 것 같다. 뭐든지 생기는 것에 그저 감사하고 아이들은 어미가 주는 대로 받을 줄 알았을 테니까. 이제는 줘도 감사할 줄 모르고 오히려 왜 이런 걸 주느냐고 트집을 잡는다. 제 맘에 안 들면 그것을 마련하기 위하여 제 어미가 무슨 고생을 했는지 아이들은 헤아리려 들질 않는다. 그래서 현대의 어미들은 서럽다. 제 자식 앞에서 서럽다. 자식 앞에서 부모 된 이로서의 뿌듯함이랄까, 그런 것을 맛볼 수 없다. 아이들 눈치가 보인다. 세상에, 제 자식 눈치를 보는 부모라니. 그러나 현대의 부모는 이미 그렇게 되어버렸다. 눈치를 보지 않으면 그나마 부모로서의 호칭도 반납을 해야 할 시기가 조만간에 도래할지도 모른다. 자식이 어쩌다 감사해할 때 부모는 감격한다. 하여, 자식에게 외려 감사한다. 부모보고 감사하다고 해준 것이 감사하다고.

내 딴에는 하루 품을 버려가며 헌옷들을 개조하여 의기양양하게 내놓은 옷들을 엄마, 여기는 어쩌고저쩌고, 저기는 이렇고저렇고 할 때, 나는 서러워진다.

1973년 봄, 엄마는 밤새워 내가 다음날 읍내에서 열리는 '고전읽기대회'에 입고 나갈 옷을 지어주셨다. 그때 한창 유행하던 '다후다' 천을 한 감 끊어다 엄마로서는 그래도 세련된 솜씨로 지은 치마였다. 계란색 그 치마에 미처 호크를 달지 못해 옷핀으로 고정시켜서 입고 나는 읍내로 갔다. 속이 훤히 비치는 그 옷을 나는 불평 한마디 없이 입고 갔다. 엄마가 밤새워 지어주신 옷인데 불평이라니, 그것은 상상할 수도 없는 일이었다. 아무리 맛없는 음식이라도 엄마가 해주신 건데 어떻게 안 먹을 수가 있고, 엄마가 지어주신 옷인데 어떻게 안 입을 수가 있단 말인가. 모든 것이 다 그랬다. 울엄마가 해주신 건데, 우리 부모님이 해주신 건데, 피땀 흘려서 우리를 위해 마련해주신 건데, 어떻게 함부로 할 수 있단 말인가. 입에 들어가는 것, 몸에 걸치는 것, 손에 닿는 것 모두가 다 귀하고 소중했다. 하나가 다 떨어지면 엄마는 또 새것을 마련해주셨다. 그것이 다 해어지면 또 하나를…… 무엇이든 넘쳐나는 것이 없었다. 중복되는 것도 없었다. 두 개는 없었다. 오직 하나였다. 내 물건은, 내가 가질 수 있는 것은, 내가 먹을 수 있는 것은 오직 '그것' 하나뿐이었다. 그러니 아낄 수밖에.

아하, 그렇다면 요즘 아이들이, 혹은 요즘 사람들이 뭐든지 귀한 줄 모르게 된 것은 '그것'이라는 것들이 하나말고 두 개, 두 개말고 많이 있어서 그런 것인가. 음식도 오늘은 딱 이것뿐이다, 하고 김치 한가지상에 올려놓으면 그 김치말고는 먹을 것이 없으므로 아이들은 김치만의 밥을 맛나게 먹어줄 것인가. 옷도 딱 한벌만 마련해주면 학교 갈 때나 집에서나 잠잘 때나 그 옷 하나로 버텨야 하니 아끼고 또 아낄 것인가. 아무래도 자신이 없다. 그래서 우선 나부터 그 일을, 모든 것을 하나씩만, 말하자면 옷도 신발도 밥그릇도 국그릇도 접시도 반찬도 연필도 책도 정말 딱 한 개씩만 가지려고 노력해보기로 했다. 사람도 내 하나의 사람이 소중하듯, 물건도 오직 내 하나의 물건이 소중하리라. 아이들에게 한 계절에 딱 한벌씩의 옷만 입히자. 뭐든지 많아지면 그만큼 무엇인가를 빼앗기게 된다는 깨달음은 얼마나 귀한 것인가. 물건이 많아지면, 아이들에게 물적인 것을 많이 마련해주다보면 부모는 부모대로 그것들 구하느라 고생하고 아이들은 아이들대로 가진 것이 많아진 만큼 정말 중요한 것을 잃어버리게 된다. 그것은 마음이다. 뭐든지 귀하게 여기는 마음이 없어지고 만다. 내가 정말로 내 아이들을 사랑한다면 헐벗고 굶주리게 하지 않는 것도 중요하지만 너무 풍요롭고 너무 윤택하지 않게 하는 것도 중요하다는 사실을 아이들 옷 만들어주던 날에 곱씹어보았다.

집에 대하여

내가 내 아이들하고 살아가는 집은 전형적인 남도의 농가를 약간 개조한 집이다. 어른들은 집을 살 때 혹은 집을 지을 때, 그 집을 오직 자기들만 살아갈 집으로 생각하는 것 같다. 나도 그랬으니까. 그런데

집이라는 공간에서 아이들을 키우면서 살아보니 어른들한테 편하게 되어 있는 집일수록 아이들에게는 삭막한 집이 되기 쉽다는 생각을 하게 되었다. 그렇다고 아이들에게 맞춘다고, 아이들에게 뭔가 '풍성한 비밀'을 키울 수 있는 집이어야 한다고 어른들 살기에 불편한 집을 만들 것인가. 나는 그래야 한다고 생각한다. 아이들에게 좋은 집이 어른에게도 좋다. 당장은 불편하더라도 불편한 것을 불편한 대로 견디다보면 오히려 그 불편함이 편함이 되어지더라는 것이다. 사람은 놀랍도록 습관에 잘 적응하는 동물이다. 어린아이들 키우는 집은 비밀스런 곳, 은밀한 곳, 어두운 곳, 구석진 곳 들이 되도록 많아야 한다. 아이들은 그런 장소를 기를 쓰고 찾아다닌다. 어린 에디슨은 어쩌자고 침침한 헛간 안으로 기어들었을까. 어른들은 무슨 근거로 어린아이들이 환한 곳, 밝은 곳을 좋아한다고 생각하는 것일까. 환한 곳, 밝은 곳은 우리 인생의 비밀의 문을 절대로 열어주지 못한다.

아이들을 키우면서 나는 자꾸 아이들 마음속으로 나를 밀어넣어보는 놀이를 하고는 한다. 그것은 아이를 낳아본 엄마가 할 수 있는 몇 안되는 흥미로운 놀이에 속하는데, 나를 자꾸 큰아이, 혹은 둘째아이, 혹은 갓난아이 속으로 밀어넣다보면 어느새 나는 똑같이 그 아이들이 된다. 그럴 때, 내가 기웃거리는 곳은 우리 인생의 비밀의 문을 열 수 있을 것 같은, 뭔가 음침한 곳, 뭔가 은밀한 곳, 외진 곳이었다. 어른들은 절대로 그 문을 스스로의 힘으로 찾지 못한다, 영혼을 어린아이의 것으로 바꿔놓기 전에는. 어른들은 자꾸 밝고 환한 곳만, 휘황한 곳, 소란스런 곳으로만 고개를 돌린다. 물건이 많이 쌓인 가게만 골라 들어가고 손님이 많은 술집만 골라 들어간다. 조그마한 할머니가 조그마한 물건들을 앞에 두고 조그마한 목소리로 그것을 좀 사달라고 애원하는 소리를 싹 무시하고 그 옆에서 굉장히 많은 물건에 굉장한 키에 굉장한 목소리로 악을 쓰는 상인 앞으로 간다.

커다란 거실에 밝은 창문에 깨끗한 부엌이 있는 집을 어른들은 좋아한다. 그래서 그 집을 조만간에 아주 비싼 값으로 되팔 궁리를 한다, 어른들은. 비싼 값을 못 받을 집이라면 어른들에게는 매력없는 집이다.

아이들을 지저분한 집에서, 좁은 집에서, 할 수만 있다면 쥐구멍이 잔뜩 있고 개미집이 잔뜩 있고 다락이 있고 이왕이면 구렁이도 나오는 집에서 키우고 싶었다. 우리집이 실지로 그렇다. 먹이는 것하고 입히는 것은 내 맘대로 못해도 집만은 내 맘대로 했다. 쥐 나오고 개미 나오는 집에서 아이들은 쥐처럼, 개미처럼 소리지르고 바지런하게 크고 있다. 희한하게 집에 대해서는 아이들이 불평하지 않는다. 왜 그럴까. 다른 것 다 불평하면서 제일 나쁜 집에 대해서는 왜 아무 소리 안할까. 그것은, 우리가 살 집은 단지 이 집 하나뿐이라서, 그래서 그럴까. 아마 그럴 것이다.

힘들다, 힘들어

나는 우리 엄마하고 우리 선생님 땜에 정말 골치가 아팠다. 내가 엄마 땜에 골치가 아파 죽겠다고 했더니 엄마는 아홉살짜리 어린애가 별소리를 다 한다고 핀잔을 주셨지만 말이다.

먼저 엄마 땜에 골치 아픈 이야기를 해야겠다. 나는 날마다 학교 가기가 겁난다. 학교가 무서워서가 아니고 바로 우리 엄마 때문이다. 엄마는 내가 학교 간 사이에 내가 꼭꼭 모아서 정리해둔 내 소중한 물건들을 나하고는 한마디 상의도 없이 쓰레기통에다 왕창 갖다 버리신다. 그래놓고는 내가 학교에 다녀와서 물건들을 찾으면 엄마는 시치미를 딱 떼시는 것이다. 그러면 나도 엄마가 버렸다는 증거가 없으므로 더 이상의 항의를 하지 못한다. 증거가 있어서 항의를 한다고 해도 엄마는 왜 더러운 쓰레기들을 자꾸 집안에다 두느냐고 오히려 나를 나무라신다. 내게는 소중한 물건들이 왜 엄마한테는 쓰레기로 보이는지 정말 이해할 수가 없다. 내 내복을 사고 남은 상자나 선물을 받고 남

148

은 포장지 같은 것들은 내게 정말로 유용한 것들이다. 이따금 학교 공작시간에 필요할 때도 있기 때문에 더 그렇다. 그런데도 엄마는 그런 것들이 있을 때는 왕창 버리다가 없을 때는 또 종이상자 하나 구하려고 사방을 다 뛰어다니신다. 어쨌든 오늘도 나는 내게는 소중한 물건들이 엄마 손에 의해서 버려지는 것이 겁이 나서 학교 가기가 두려웠지만 내색은 안하고 학교에 갔다. 그렇지만 어쩐지 불안해서 엄마한테 손을 내밀어 약속을 받아냈다. 내 물건은 버려도 내가 버리게 해달라는 약속을. 그래놓고 나니까 조금 안심이 되었다.

그런데, 정말 골치 아픈 일은 학교에서 일어나고 말았다. 우리 교실에는 금붕어를 키우는 어항이 있다. 어항 옆에는 우리가 봄에 심어놓은 작은 식물들이 자라고 있다. 은비가 심어놓은 사랑꽃이 활짝 피어 금붕어는 자꾸 꽃 있는 데로 나오고 싶어하는 것 같았다. 그런데 오늘 아침 학교에 가보니 아니 글쎄 금붕어 한 마리가 죽어 있지 않은가. 아마 사랑꽃이 너무 예뻐 그쪽으로 나오고 싶어하다가 그만 머리를 어항 유리벽에 세게 부딪쳐 다친 것 같다는 생각이 들어 나는 너무너무 슬펐다. 그런데 우리 선생님이 교실에 들어와 어머, 금붕어가 죽었네, 하시면서 뜰채로 죽은 금붕어를 떠가지고 나가셨다. 선생님은 금붕어가 왜 죽었는지에 대해서 우리들한테 물어보시지도 않고 곧바로 나가버리시는 것이었다. 너무 순식간에 일어난 일이라 우리들은 그저 멍하니 있었다. 그리고 다시 선생님께서 들어오셨다. 선생님은 아무 말씀이 없으셨다. 나는 공부가 하나도 머리에 들어오지 않았다. 선생님이 김아름, 하고 내 이름을 불렀다. 나는 벌떡 일어나긴 했지만 그만 나도 모르게 울고 말았다. 선생님이 왜 우느냐고 물었다.

"금붕어가 사랑꽃 있는데 나오고 싶어서 그래서 죽은 거예요, 선생님. 그러니까 사랑꽃 밑에다 묻어줘야 해요."

"아, 그래서 아름이가 우는 게로구나. 선생님은 그것도 모르고 그냥 금붕어가 수명이 다했나보다고만 생각했지. 정말 미안하구나, 아름아."

쉬는 시간에 선생님과 함께 친구들이랑 화단으로 갔다. 거기에는 많은 사랑꽃이 피어 있었다. 우리는 그곳에 금붕어를 묻었다. 선생님은 우리들에게 약속하셨다, 다시는 죽은 금붕어를 아무데나 버리지 않겠다고. 그리고 말씀하셨다, 선생님이 너희를 가르치는 게 아니라 너희들이 나를 가르치는구나,라고. 그래서 나는 겨우 기분이 좋아져서 집으로 왔다. 그런데 이게 또 무슨 일인가. 엄마가 또 내 물건을, 왕창 버려놓았지 않은가. 나는 그래서 한마디 안할 수가 없었다.

"내 물건 버리는 건 괜찮지만 약속을 버리는 어른은 정말 싫어요."

엄마는 애가 어른을 가르치려든다고 하시면서도 어쩐지 조금 주눅이 든 것 같은 표정을 지으셨다. 그래서 나는 그쯤에서 엄마 가르치는 것은 그만두었다. 어른들은 아이들 가르치는 게 힘들다지만 아이들이 어른 가르치는 게 더 힘들다는 걸 어른들은 알까, 모를까?

가을날의 동화

오늘 오전, 전남 곡성군 석곡면 석곡초등학교 뒷길에서 있었던 일이다. 이 일에 대해 쓰려니 얼마 전 중국의 5세대 영화감독이라 일컬어지는 장이머우(張藝謀) 감독의 「책상서랍 속의 동화」라는 영화가 생각난다. 물론 나는 아직 그 영화를 보지는 못했지만 신문에 소개된 내용으로는 시골 초등학교에 임시로 고용된 십대의 여선생님이 도시로 나간 학생을 우여곡절 끝에 다시 학교로 데려오는 이야기라고 한다. 똑같은 상황은 아니지만 우리집 막내를 유치원에 데려다주고 오는 길에 석곡초등학교 뒤편 길에 있는 개울가에서 한 무리의 소년들이 웅성웅성하고 있는 것을 보게 되었다. 그냥 지나칠까 하다가 뭔가 상황이 심상치 않은 것 같은 느낌에 가까이 가보니 우리 마을에 사는 초등학생, 대환이가 씩씩거리며 개울물에 빠져 죽어버리겠다고 딴에는 주위에 둘러선 제 동무들한테 위협적인 시위를 하고 있는 중이었다. 개울물 위에 설치된 다리 난간 위에 올라선 대환이를 붙드느라고 아마 같은 반 친구들인 것 같은 소년들이 얼굴이 벌게져가지고 용을 쓰고 있는데 정작 대환이는 여유작작이다. 그냥 가만히 구경이나 좀 하려다가 어린것들이 하도 사색인지라 안되겠어서,

"아그들아, 뭔 일이다냐" 하고서 끼여들었다.

"대환이가요, 우리들이 저 늘렸다고 물에 빠져 죽어버린다네요."

"그래 뭐라고 놀렸는데?"

"대한사람 대한으로 길이 보전하세, 한다고요."

"그거는 애국가잖아."

"우리는 그냥 애국가 불렀는데 대환이는 저 놀리는 거라고 해요."

"아그들아, 냅둬라. 지가 죽어불든지, 말든지."

"안돼요, 선생님이 대환이 잡아오라고 했어요."

대환이가 저 놀린다고 학교를 뛰쳐나와버리자 선생님이 아이들더러 대환이 잡아오라고 '특명'을 내린 모양이다. 한마디로 대환이 못 잡아오면 대여섯 명의 그 아이들도 오늘 공부는 종친 거다. 대환이는 빠져죽겠다고 용을 쓰고 아이들은 네가 빠져죽으면 우리들이 죽는다고 용을 쓰는데 남의 속 알아주지도 않는 가을 날씨는 왜 그리도 맑고 드높은지. 푸른 가을 하늘 아래 이쪽에서 시방 뭔 일이 벌어지는지도 모르는 어른들은 멀리 들판 한가운데서 벼베기에 여념이 없다. 빠진댔자 조금 다치기만 할 정도인 개울물에 빠져죽겠다는 놈이나 그놈이 진짜 빠져죽을까봐 새파랗게 질려서는 악을 써대는 놈들이나 어찌 그리 우습고 사랑스러운지, 구경을 하는 내 눈에 눈물이 다 찔끔 솟아날 판이다. 마침, 대환이네 큰엄마가 스쿠터에 새참을 싣고 이쪽으로 오고 있다. 아이들이 구세주를 만난 듯 일제히 도와달라고 악을 쓰는데

대환이 큰엄마는 뭔 일이냐고 묻지도 않고 대뜸,

"썩을 놈이 따순 밥 묵고 헐 일이 없응게 별놈의 짓거리를 다 한다"
고 하고서 씽 지나쳐버린다. 왜 하필 그 순간에 대환이 큰엄마는 그
자리를 지나가가지고 대환이를 더 서럽게 하는가. 대환이는 큰엄마가
욕을 퍼부어주고 그 자리를 지나가버리자 골이 있는 대로 났다.

"야, 너희들도 그냥 저 애 놔두고 가부러라."

대환이가 나를 흘끔 짝눈을 뜨고 쳐다본다.

"그러면 대환이 진짜 떨어져분디요?"

"너희들이 잡고 있으면 더 떨어져."

아이들은 긴가민가하면서도 슬금슬금 뒤로 물러난다. 그토록 여유
작작이던 대환이가 친구들이 제 다리를 하나씩 놓아버리자 이제는 하
늘이 찢어져라 대성통곡을 한다. 아이들이 손을 다 놓아버리는 순간
내가 얼른 대환이 몸을 끌어안았다. 아이는 맥없이 내 쪽으로 무너진
다.

"놔요, 씨이."

"아이들아, 인자 가부러라."

소리질러놓고 나도 그 자리를 휭 떠버렸다. 대환이가 악을 쓰며 제
동무들 쪽으로 달려간다. 가을 하늘은 그 모든 것 다 보고서도 나는
아무것도 몰라, 하고서 마냥 푸르기만 하다.

여성작가와 모성

최근 삼십대 여성작가들의 약진이 실로 두드러진다. 그런 현상에 대한 구구한 평들은 일단 접어두기로 하고 나는 모성에 대해서 이야기해보고자 한다. 아니, 모성이라고 뭉뚱그려서 이야기하기에는 좀더 작은, 그렇다, 작고 여린 것에 대한 이야기, 작고 여린 것에 대한 돌봄이라고 할까. 그리고 그것은 같은 삼십대요, 여성작가인 나와도 관계된 이야기다.

둘째아이가 일주일째 아팠다. 아이는 아픈 것을 기회삼아서 어미의 사랑을 독차지하고 싶은 마음에 심하게 어린 양을 했다. 아이의 그런 마음을 환히 들여다보고 있는 나는 아이가 원하는 대로 내게 있는 사랑을 다 주리라 하고 평소 같으면 때려주고 싶은 행동도 그대로 보아넘겨주며 그야말로 사랑으로, 사랑으로만 아이를 대했다. 그러자 신기한 일이 벌어졌다. 언제까지나 어미의 사랑을 쥐고 놓지 않을 것만 같던 아이가, 그토록 질기고 사납게 굴던 아이가 어느 순간 부드럽기

그지없는 아이로, 아픈 와중에도 자기만 감싸고도는 어미의 태도가 민망했던지 제게 왔던 사랑을 제 동생에게 제 언니에게 나누어주는 것이었다. 그리고 무엇보다 놀라운 것은, 내 마음에 사랑의 마음이 그득히 차오르자 뭔가 여태까지 내가 보지 못한 세계가 열리는 것 같다는 점이다.

어미가 된 지 12년째, 하나도 아니고 둘도 아닌 세 아이를 낳고 기른 나였다. 그러한데도 불구하고, 아, 내가 여태까지 어미 노릇을 한번만이라도 제대로 한 적이 있었던가 싶은 회오의 마음에 깊은 밤 어린 것의 이마에 손을 짚은 채 어미인 나는 잠들지 못하였다.

늘 칭찬보다는 꾸중이 앞섰고 잘한다 소리보다 잘 못한다 소리부터 나왔으며 한번 쓰다듬어주기보다 매부터 챙겨들었다. 아이의 의견은 묵살되고 그 아이가 싫든 좋든 어른이 잡아끄는 대로 따라와주어야만 했다. 아, 이 얼마나 야만인가. 제 속으로 난 제 자식이니 제 소유라고 어찌 감히, 그다지도 함부로 말할 수가 있었더란 말인가. 그리하여 나는 사랑이라는 이름으로 저질러지는 수많은 야만을, 야만성들을 발견하게 되는 것이다.

정말로 목숨까지 바치지는 못하더라도 있는 힘껏 사랑하지 않았다면 절대로 함부로 매를 들지 말지어다. 우선 자신에게 매를 들 자격이 있는지부터 점검해볼지어다. 모든 생명 가진 것들을 아프게 하지 말 일이라고 나는 그야말로 아프게, 아프게 반성하였다.

바야흐로 세계는 산업화시대를 넘어 정보화시대로 가고 있는가? 결단코 그것은 아니다, 작가에게 그리고 무엇보다 여성작가들에게. 작고 여린 것들, 세상의 모든 어린것들, 다가오는 새로운 연대는 그런 것들의 시대이어야 한다. 모든 아픈 사람들, 지금 울고 있는 사람들의 것이어야 하고, 작가의 촉수는 그곳에, 그런 것들에 그런 사람들에 닿아야 한다. 그리고 그것은 여성작가들에게 훨씬 용이하다. 왜냐하면 여성에게는 어린 생명을 품고 기르는 모성이 깃들여 있기 때문이다. 다가오는 세기는 뭇 경제광들이 외치듯 정보화시대가 아닌 생명의 시대, 모든 생명 가진 것들을 돌보는 시대여야만 한다. 그리고 그러한 시대를 여는 데는 여성작가들이 할 몫이 있다.

모자가정

곡성 시골에서 살다 여수라는 작은 도회지로 이사를 했습니다. 아무리 작은 도회라지만 도회는 도회라서 사람이 생존할 수 있는 모든 조건, 의식주 전부에 다 돈 들어가는 곳입니다. 시골에서야 기존에 있던 빈집 그냥 들어가 공짜로 살아서 집값은 안 들었지요. 텃밭에 심은 각종 야채가 있어 먹는 것에도 그리 큰돈 안 들었습니다. 그러나 도회지는 다르지요. 한 끼니 한 끼니가 전부 돈입니다. 다 남이 심어서 가꾼 것을 돈 주고 사와야 밥상을 차릴 수 있단 말입니다. 그저 하루하루가 돈이지요. 전기세야 물론 시골에서도 내고 살았지만 물은 산에서 내려오는 물 먹고 살아서 수도세라는 게 없었는데 여기서는 물 쏟아지는 소리가 바로 돈 나가는 소립니다. 아이구 무서워, 소리가 절로 나오지요. 시골에서야 애초에 차가 없어서 먼 길도 걸어다니는 게 예사였지만 도시에서는 어디 그러나요. 걷고 싶어도 넘쳐나는 자동차 매연과 소음 때문에 걷는 게 외려 고역이지요. 물론 시내버스가 제격

제꺽 나타나주니 나도 모르게 내 몸이 저절로 차 속으로 빨려들어갑니다. 아이들 학교 가는 길은 자전거로 족했건만, 도시에서는 어린애들이 자전거 탄다는 건 목숨 거는 행위지요. 하여 아이들 통학비 또한 만만치 않습니다. 우리집 중학생이 날마다 왕복 차비로 천원을 씁니다. 우리집 네살 먹은 막내, 시골에서야 맘대로 마당에 풀어놓았댔지요. 그러면 이 네살쟁이는 마당에 풀어놓은 닭과 강아지와 친구가 되어 하루 종일 요리조리 뛰어다니며 신나게 놉니다. 저 노는 거 바빠서 언제 엄마 성가시게 할 틈도 없었어요.

저간의 사정이 있어서 그 모든 시골살이의 여유로움을 버리고, 내가 돈 많이 안 벌어도 생활이 가능했던 그곳을 나는, 아이 셋 데리고 떠나왔습니다. 이삿짐들이 아파트 8층으로 기어오르더군요. 누구 하나 내다보는 사람 없습니다. 그런 상황에서는 내다보는 사람이 오히려 이상할 지경이지요? 도시라는 게 원래 그렇다는 걸 알지만 가슴 한켠이 서늘해짐을 어쩔 수 없더군요. 내가 시골로 처음 이사했을 때 온 동네 사람들이 나와서 우리집 짐을 옮겨주었더랬습니다. 짐만 옮겨줬나요? 즉석에서 막걸리 잔치까지 했지요. 시골에 누구 하나 이사 들어오면 그게 바로 경사지요. 그러나 도시에서의 이사는 그냥 일상입니다. 짐 꾸려 떠나면 그뿐입니다. 남는 게 없습니다. 이사하는 사람 향해 눈물짓는 사람 없지요. 하여간 그렇게 여수라는 도회의 작은 아파트 8층을 전세내어 이사했습니다. 지난겨울 일입니다.

3월이 되어 아이들이 학교에 가게 되었습니다. 물론 전학수속은 미리 밟아놨지요. 큰아이는 올해 중학교 2학년입니다. 당연하게 '납부금'이라는 게 나왔네요? 일금 14만9천5백원이었습니다. 우리 아이는 전

학왔으니 교복도 새로 맞추어야 했지요. 교복 맞추는 데 16만원 들어갔습니다. 초등학생인 둘째한테는 급식비 2만6천4십원 들어갔습니다. 그걸로 그 아이한테 들어가는 돈은 일단 땡입니다. 교과서 무료이고 교복 없으니까요. 그러고 나서 이제 셋쨉니다. 가까운 곳에 마침 어린이집이 있어 거기 집어넣었습니다. 나는 집에서 일을 해야 하기 때문에 이왕이면 좀 비싸더라도 종일반으로 했지요. 종일반 '보육료'가 13만6백원 나왔어요. 아파트 관리비, 전화료, 도시가스료, 의료보험료…… 아, 참 국민연금관리공단에서 어떻게 알았는지 전화가 왔어요. 시골 살 때만 해도 내가 세대주가 아니어서 국민연금이니, 의료보험료니 모르고 살았지요. 그러나 이제 나는 아이 셋 거느린 세대줍니다.

이른바, 우리 가정은 모자가정인 겁니다. 어미와 그 자식들로만 이루어진 가정. 나 혼자 벌어 아이 셋을 먹이고 입히고 재우고 교육시켜야 한단 말입니다. 갑갑했습니다. 날마다 내가 쓰는 글이란 게 한정되어 있는데 그 글들 팔아 내게 들어오는 돈이란 게 너무도 빤한 건데, 나는 이제 내가 그토록이나 하고 싶었던 글 써서 먹고사는 일은 포기해야 할까부다, 어디 요구르트 배달 자리라도 알아볼까, 머리가 터지도록 먹고살 연구를 거듭합니다.

마침 혼자 사는 친구가 있어 그 친구가 동사무소에 모자가정 신청을 하라는 정보를 주네요. 그러면 아이들 학비며 얼마간의 보조금이 나온답니다. 귀가 솔깃하여 동사무소에 갔지요. 이혼을 했다는 증빙서류인 호적등본과 아이 셋이 딸려 있다는 증빙서류인 주민등록등본을 떼어서 주었지요. 나는 살아오면서 한번도 관이, 구체적으로 주민

등록등본이라든가 호적등본 떼러 빈번히 드나들었던 동사무소가 나같이 혼자 애 키우는 여자들 보살피는 일까지 하는 덴 줄 몰랐습니다. 엄청 고마웠지요. 눈물이 다 나오려고 하더라구요. 시청에 가서 모자가정 증명서를 떼어다가 어린이집에 가져다주면 보육료 전액을 면제받을 수 있을 거라는 동사무소 아저씨의 말이 무슨 구세주의 진언 같습디다. 그걸 가져다줬더니 정말 내가 냈던 돈 13만 얼마를 고스란히 내어줘요. 그뿐인가요? 중학생한테 들어갔던 납부금도 돌려받을 수 있어요. 오늘 돌려받으러 갈 겁니다. 어린이집 원장선생님이 보육료를 내어주면서 그러더라구요.

"민수 엄마, 돈 안낸다고 하나도 주눅들지 마세요. 어차피 다 민수 엄마가 내는 세금이 다시 민수 보육료로 들어오게 되니까요."

어쨌거나 나는 한달 꼬박꼬박 13만여원 안 내고도 우리 막내 민수를 어린이집에 맡겨놓고 집에서 지금 이 글을 쓰고 있습니다그려.

내가 우리 민수 보육료 안 내고 살 수 있는 게 나와 우리 모두가 내는 세금 덕택이라는 걸 알고는 생각해봅니다. 결국 이것이 우리가 함께 산다는 거구나. 함께 산다는 것, 우리는 알게 모르게 한 시대, 한 땅덩어리에 산다는 이유만으로 누군가의 따뜻한 이웃이 되어주고 있다는 것. 나는 오늘 우리 아이 보육료 돌려받은 게 참 행복합니다. 아이들한테 들어가는 그 돈만 없어도 아파트 관리비니, 가스료니 하는 정도는 어떻게 해볼 수 있을 것 같거든요. 당분간은 요구르트 배달 자리 안 알아봐도 될 것 같습니다. 무엇보다 나는 그리 큰돈이 안되는 일이긴 하지만 여전히 글을 쓰며 살고 싶거든요. 이렇게 내가 좋아하는 일을 할 수 있다는 것, 그것도 다 눈에 안 보이는 무수한 타자들에 의해 내가 세워져 있어서 가능한 일이겠지요. 그러고보면 우리는 다 남이 아닙니다. 우리는 모두 이웃입니다. 이웃이란 서로를 지탱시켜주는 지렛대 같은 것이 아닐는지요.

아, 내가 이런 생각을 하며 이런 글을 쓰고 있을 때 신문에는 이런 기사가 나 있네요? 재산은 수억원 … 소득세는 0원. 바로 국회의원 출마자들 중에 그런 사람들이 있답니다. 나는 단 오만원짜리 원고료에서도 꼬박꼬박 세금이 원천징수되고 있는데요. 그리고 대부분의 사람들이 다 그렇게 살고 있는데요. 같은 시대를 살아도 같은 시대를 살지 않고 이웃으로 살아도 끝내 이웃이 되지 못하는 사람들이 있기는 있는가 봅니다그려.

그 여자의 실루엣

어느 신문사와의 인터뷰 중에 기자가 내게 물었다.

"박경리 선생님의 '토지'를 읽어보셨습니까?"

"예, 제1권만 읽었습니다."

"등장인물 중에 누가 제일 인상에 남습니까?"

"여자지요."

"서희?"

"서희 윤씨부인 월선이 귀녀 임이네, 그들 중에 저는 귀녀와 임이네가 그렇게 좋데요."

그렇다. 나는 귀녀가 좋았다. 눈을 감으면 그녀의 육감적인 도톰한 입술과 빛나는 눈동자가 금방이라도 되살아날 것 같다. 이유야 어떻든 사내를 미혹시키는 여자는 아름답다. 매혹적이다. 역사의 굽이굽이에는 이렇듯 귀녀 같은 요부들이 존재하고 있다. 그녀들은 한결같이 아름답다. 사내를 홀리고 역사를 뒤집을 아름다움이다. 위태하고도 아슬아슬한 아름다움이다. 인간 중의 여자, 여자 중의 암컷이 발휘하는 아름다움이다. 질투와 환상이 그 속에는 있다.

임이네를 보자. 그 여자는 두 번 결혼한다. 삶에 대하여 무시무시한 집착력을 가졌다. 남들에게 손가락질을 받는다. 손가락질 받는 것에 익숙해져 있다. 그런 것에 신경쓰지 않는 철면피가 그 여자에게 있다. 누가 뭐라 한들 그 여자는 목숨 붙이는 일에 골몰한다. 사는 것, 그것이 그 여자의 지상명령이다. 그 여자의 사는 '꼬락서니'를 독자인 나는 내 목숨 바쳐 사랑하고 싶은 강렬한 충동을 느낀다. 그 여자에게는 도대체 우아함이란 없다. 땟국이 줄줄 흐르는 무명 적삼을 젖가슴이 드러나도록 들어올린다. 머리카락은 헝클어지고 그녀의 속곳엔 살찐 이도 그 여자와 함께 산다. 그 여자, 속곳을 들추고 이를 잡으며 이 잡는 쾌감에 아무렇게나 욕설도 씨부렁거린다. 돈 돈 돈, 그 여자, 돈만이 이 세상 최고의 덕목이다. 자고로 돈이 있어야 사는 것이다.

여자를 만났다. 내 소설 「우리 생애의 꽃」에도 나오고 「피어라 수선화」에도 나오고 지난 일이년간 쓴 내 졸작들에 심심찮게 등장하는 여자다. 처음에 그녀를 보고 역겨움 비슷한 감정을 느꼈다. 짙은 화장하며 금수술, 은수술이 반짝이는 옷차림하며 빨갛고 파란 원색의 뾰족한 하이힐하며 도대체 고상한 미, 다시 말해서 좀더 지적이고 좀더 세련된 미는 내 알 바 아니란 듯이 무지막지하게 천박한 그녀의 자태에 나는 질리고 말았다. 내 입에서 '순 쌍것'이라는 욕설이 저절로 쏟아져 나올 수밖에 없는 차림새로 그 여자는 나와 조우했다. 여자인 내가 여자를 바라보는 눈은 상식 수준이다.

언젠가, 생계가 막연하던 시절 내 아이를 돌봐준 수녀님을 나는 잊지 못하고 있다. 수녀님은 천사같이 아름다웠다. 구로동 노동자 주택가 안 한뼘 방에서 새벽밥을 해 먹고 나는 수녀님이 운영하는 '요셉아가방'에 우리 '갓난이'를 맡기기 위해 공단의 찬바람을 가르며 아이를 업고 뛰었다. 뛰지 않으면 출근시간에 늦기 때문이었다. 찬바람에 발갛게 상기되어서 아가방 삽짝문을 열면 수녀님이 내 아기를 받아안고 어여 가라 손짓하였다. 원래 요셉아가방에서 돌보는 아이들은 세살에서 다섯살까지의 아이들이었지만 수녀님은 내 눈물어린 요청에 내 아기를 받아주신 거였다. 나는 아이를 맡기지 못하면 아이를 안고 앉은 그 자리에서 그대로 죽을 수밖에 없는 처지에 놓여 있었다. 말 그대로 아사 지경에 도달한 상황이었던 것이다. 나는 공장에서 미싱사 노릇을 했는데 늘 잔업을 해야 했기에 늦은 퇴근을 해야 했다. 어스름이 깔리는 요셉아가방의 손바닥만한 마당에 수녀님은 내 아기를 업고 늦은 퇴근을 하는 나를 기다리며 된전거렸다. 아침 햇살을 환히 받고 서서 내 아기를 덥석 안아주시던 사십이 넘은 수녀님의 얼굴. 아가방 삽짝문을 열고 내가 들어서자 수줍게 얼굴을 붉히시며 그날 내 아기에게 있었던 일들을 자랑하시던 수녀님. 나는 그 시절 그 수녀님에게 완전히 매료되었다. 아침이면 햇살처럼 환한 그 수녀님 얼굴이 빨리 보고 싶어 찬바람 속을 더 빨리 뛰어갔다. 저녁이면 아이를 가슴에 안고 잠재우며 얼굴 붉히는 '사십이 넘은 소녀'의 얼굴이 노동에 찌든 내 가슴을 환히 밝혀주곤 했다. 교리에 충실하고 견고한 수녀복에 감싸인 수녀도 아름답지만 앞치마를 입고 아이들에게 간식을 해주기 위해 풍롯불을 지피다 머리카락을 태워먹은 내 아이의 수녀님이 너무 좋았고 아름다웠다.

수녀님은 그렇게 아름다웠다. 내게 여자의 아름다움은 수녀의 아름다움이었다. 거리에서 수녀를 보면 내 가슴은 멀리서부터 뛰기 시작했다. 오! 내 수녀님, 내 아기의 수녀님. 수녀님은 아낌없이 주는 수녀님이었다. 아낌없이 주는 아름다움이었다.

자, 다시 이야기를 돌려서 내가 만났던 여자 이야기를 하자. 여자는 철저하게 이기심으로 뭉쳐져 있었다. 그 여자는 나누지 않았다. 음식을 나누지 않았고 대화를 나누지 않았고 음식과 대화로 대변되는 이웃과의 정을 나누지 않았다. 그 여자는 사치했다. 적어도 사치하는 것처럼 보일 만치 화려했다. 수녀님은 검소했다. 헝겊조각 하나 버리지 않고 그것들을 일일이 손바느질해서 쓸모있는 물건들로 만들었고 무꽁다리, 파뿌리 하나 버리지 않고 요리하셨고 판자조각 하나 허수로이 버리시 않고 아이를 업고 대패질과 망치질을 하셨다. 손바닥만하고 척박한 마당엔 꽃과 채소를 심었고 그것들을 길러 아이들에게 먹였고, 저녁이면 아이엄마들에게 하루 종일 자신이 먹이고 재워서 통통하게 살이 오른 아이들을 선선히 내주어서 돌려보냈다.

우연한 기회에 여자의 집을 들여다본 적이 있었다. 우리가 살고 있는 아파트는 빈민아파트였고 복도식이었다. 한여름이면 더워서 복도로 난 현관문을 열어두어야 할 형편이었으므로 나는 여자의 집 앞을 지나치는 길에 그 집을 들여다볼 수 있었던 것이다. 들여다보는 순간 어떤 느낌이 있었다. 슬펐다. 산다는 것의 모습이 그 속에 적나라하게 진열되어 있었다. 내 집의 풍경이야 늘 눈에 익어서 별다른 느낌이나 감회 따위가 들 리 없다. 내 집도 또다른 이의, 생전 처음 내 집을 보는 이의 눈에는 색다른 어떤 느낌, 내가 여자의 집 내부 풍경을 보고 느꼈던 어떤 감회가 들게 할 수는 있겠지만(왜냐하면 나도 혼자 사는 여자이고 그러다보니 늘 황량한 어떤 기운은 집안 도처에 떠다니고 있을 것이므로. 여자와 남자의 성 비율이 적정치 않은 집안에 떠다니는 기운들 말이다) 어떻든 나는 여자의 집 내부 풍경을 보고 가슴 쓰린 통증 같은 것을 분명히 느꼈다. 가구가 없는 내 집이 황량한 쓸쓸함을 드러내고 있다면 여자의 집은 일곱 평 반의 공간에 빽빽하게 들어찬 잡다한 살림살이들로 여자의 내면 풍경을 말해주고 있는 듯했다. 집 내부를 보고 그 집 주인의 마음 풍경을 읽어낼 수도 있다는 사실을 나는 그때 처음 알았다.

독특했다. 그리고 역겹고 지겹다는 인상을 떨쳐버릴 수 없었다. 벽면에 잔뜩 걸린 서투른 수채화들. 나중에 안 일이지만 그것들은 여자가 직접 그린 그림들이었다. 좁은 통로에 널려진 그림물감들, 붓들, 팔레트들, 캔버스, 이젤, 월부로 끊어 산 것이 분명한 호화 장정의 '한국 근대회화선집' '세계미술대전집'. 그것들이 좁은 집안에 방만하게 널려 있었다. 옷걸이에 걸린 잠자리 날개 같은 잠옷과 나이트가운, 브래지어와 팬티스타킹. 그것들은 슬프게 선정적이었다. 나는 그런 그녀의 집에 야릇한 호기심이 이는 것을 느꼈다. 여자는 현관문을 열어둔 채 어깨끈만 달린 인조견 치마를 입고 늘 누군가와 통화를 하고 있었다. 때로는 통화하면서 화장을 했다. 그녀가 화장을 할 때면 화장내가 현관문 밖 복도까지 진동했다. 화장을 하지 않고 사는 나는 그녀의 화장내에 질투를 느꼈다. 가끔은 그녀의 인조견 치마의 어깨끈이 팔 밑으로 흘러내린 모습을 보게 되는 수도 있었다. 그럴 때, 그녀의 젖가슴살은 겨드랑 근처까지 흘러넘쳤다. 나는 그것에도 조금 질투했다. 수녀의 아름다움에 질투하지 않았던 내가 이웃 여자에게 질투했다. 적어도 내가 천박하다고, 그녀의 아름다움은 천박한 아름다움이라고 일축했던 내가 그 천박한 아름다움에 질투했던 것이다. 온갖 물건들로 꽉 찬 그녀의 집안 풍경에도 질투했다. 그녀가 갖고 있는, 그녀만이 갖고 있는 슬프게 선정적이고 잡다하게 방만한 데서 보여지는 쓸쓸한 한 생애에 내가 질투를 하고 말았던 것이다.

그때부터 나는 집안을 쓸쓸하게 꽉 채울 물건들에 집착하기 시작했다. 다리가 흔들리는 책상, 그 위에 지점토 꽃병들을 줄줄이 모셔놓고 벽면에 잡지들에서 오려낸 온갖 화보들을 다닥다닥 붙이고 고상한 책보다는 색깔 있는 스타킹과 노랗게 물들인 가발과 뾰족하기가 송곳 같은 하이힐을 샀다. 나는 그것들을 좁디좁은 방안 사방에다 던져두었다. 이만하면 허기진 내 내면 풍경을 잘 드러내는 집치레가 아닌가. 나는 내가 생각해도 좀 이상한 여자가 되어갔다. 나의 지나치게 도덕적인 매무새에 화가 날 지경이었다. 어떻게 하면 이웃 여자보다 더 천박한 아름다움을 연출할 수 있을까에만 골몰했다. 이상해진 김에 조금만 더 이상해져버리자 작정하고 나는 내가 구입한 알록달록한 물건들을 머리와 몸과 발에 뒤집어쓰고 거리로 나섰다.

아무도 나를 보아주지 않았다. 참담했다. 나는 결국 내가 질투했으므로 그 질투심을 잠재우기 위해서라도 한번쯤 시도해보려던 '천박한 아름다움'에의 의지를 꺾지 않을 수 없었다. 꺾지 않을 수 없었던 진짜 이유를 밝히자면 나는 또 속이 쓰리게 자존심이 상한다. 그것은 자존심이라 이름붙일 수 있는 성질의 것인지조차도 애매하긴 하지만 내가 어언간 이웃 여자와 친구가 되어 똑같이 '천박한 아름다움의 쌍두마차' 격으로 거리를 활보할 적에 나에게는 아무런 눈길도 주지 않던 사람들이 그녀에게는 넋을 잃은 시선들을 보내왔기 때문이었다. 그녀는 스스로를 '프로페셔널'이라고 말했다. 알고 보면 그녀 집에서 풍기는 쓸쓸하고 신경적이고 빈민한 분위기조차도 완벽하게 쓸쓸하고 선정적이고 방만한 '프로페셔널'의 세계였다.

오랜 시간 나는 한껏 그녀를 경멸하고 나서야 그녀와 친해질 수 있었다. 경멸자로서의 시선을 거두고 나서야 나는 그녀의 쓸쓸한 생애와 화해할 수 있었다. 알록달록한 스카프를 머리에서 떼어내고 송곳 같은 하이힐을 벗어던지고 나는 이상해진 나에게서 원래대로의 나로 돌아올 수 있었다. 집안을 치우고 원래대로 황량하게 비우고, 비우고, 또 비웠다. 화보들을 벽면에서 떼어내고 그 자리에 표구점에서 10만원을 주고 산 박수근의 모조그림을 걸었다. 거리에 나설 때면 회색 주름치마를 입고 단화를 신었다. 김치를 담그고 간장 된장을 담그고 이웃 여자가 돈 벌러 간 사이 인스턴트 소시지와 참치캔 반찬으로 혼자 밥을 먹는 그녀의 딸을 데려다 밥을 먹였다. 비로소 평온이 왔다. 질투의 자리에 진정한 화해의 기운이 넘쳐흘러 이웃간의 정이 생겼다. 여자는 내가 그녀의 딸을 돌보는 사이 돈을 벌러 나갔다. 그녀가 나간 사이 그녀의 딸을 돌봐준 나에게 그녀는 고마움의 표시를 한번도 하지 않았다. 그녀다운 행동이었다. 나는 그냥 웃었다. 그녀의 화장내를 맡으며 돈 많이 벌어 오기를 진심으로 바랐다.

어느날, 내가 새로 담근 고추장을 그녀의 집 식탁에 놓아주러 갔을 때 그녀가 문득 말했다. 무심하게. 무심함도 그녀다운 태도다.

"수녀 같아."

"수녀?"

"봉사해주고 사는 것에 재미붙였잖아."

아무래도 상관하지 않으려고 작정했지만 화가 좀 났다. 그녀는 밥을 먹으며 전화를 받았고 전화 받으며 화장을 했다. 화장을 하며 그녀는 남자 만나는 일이 지겹도록 환장할 일이라고 말했다. 내가 그 말의 뜻을 잘 알아듣지 못하자 환장하도록 신나는 일도 된다는 뜻이라고 설명했다. 천연덕스러웠다, 그녀는. 아이섀도우가 진한 눈동자가 나를 빤히 올려다보는 통에 나는 그만 질리고 말았다. 도저히 화를 내려야 낼 수 없었다. 눈동자는 맑았다, 사십이 넘은 여자의 눈동자라고는 도저히 믿어지지 않게시리. 그녀의 푸른 아이섀도우는 맑은 눈동자를 더욱 맑게 보이는 데 아주 효과적인 것 같았다. 사랑스러웠다. 예뻤다. 감동적인 푸른 아이섀도우.

나는 길을 가다가 수녀의 검은 옷자락을 보면 멀리서부터 가슴이 뛰어온다. 눈에 보이는 수녀는 다 내 수녀님, 우리 아기의 수녀님, 우리 수녀님같이만 보여 나는 한순간 목이 멘다. 그리고 그녀, 이웃 여자, 그녀는 종종 무례함으로, 철저하게 이기적인 모습으로, 도대체 상냥하지 못함으로 나를 화나게 하지만 바로 나를 화나게 하는 그 부분이 그녀의 아름다움임을 나는 안다. 그녀는 천진하다. 그녀는 그악스럽다. 그녀는 무심하다. 자신이 손해볼 짓은 하지 않는다. 돈이 생기는 일이라면, 그 돈으로 아이 셋과 자신으로 이루어진 제 가정을 꾸려갈 수 있는 일이라면 굴욕이고 모욕이고 사랑이고 동정이고 가리지 않는 생(生)에의 무시무시한 집착력에 나는 탄복한다. 탄복하고 만다. 자신

과 관계없는 일에는 무지하게 천연덕스럽고, 자신과 관계있는 일이라
면 사지로 버티는 그 힘. 아까도 말했지만 대체로 그 여자는 천진하다.
착하다. 눈물을 자주 흘리지 않는다. 눈물 흘려서 돈이 생기는 일이라
면 물론 누구보다 잘 울어젖힐 수 있는 능력이 그 여자에게 있다. 그
런 천연덕스러움이 그녀에게 있다. 진솔하다. 내가 베푸는 소위 '이웃
간의 정' 또한 스스럼없이 받아들인다. 그녀를 보면 빡빡한 도덕관념
으로부터 내가 조금은 자유로워짐을 느낄 수 있어서 좋다. 그렇다고
그녀가 도덕적으로 타락한 인물이란 뜻은 아니다. 그녀는 도덕적이지
도 부도덕하지도 않다. 그녀는 타락하지도 타락 안하지도 않았다. 그
녀를 보면 내가 그런 관념들로부터 자유로울 수 있어서 좋다는 말이
다.

일간지 기자와의 인터뷰 이야기로 돌아가보자. 기자는 내게 물었다.
"박경리 선생님의 '토지'를 읽어보셨습니까?"
"제1권만 읽었습니다."
"등장인물 중에……"
"서희 윤씨부인 월선이 귀녀 임이네 강청댁…… 그들 중에 귀녀와
임이네가 그렇게……"
결론을 이야기하고 싶다. 그렇다. 결론을 내려야만 한다, 내가 본 아
름다운 여자에 대하여. 나는 어쩌면 아직 아름다운 여자를 단 한사람
도 만나지 못했는지도 모른다. 그리고 나는 아름다운 여자를 무수히
만났고 만나고 있고 앞으로도 만날 것이다. 무엇보다 나는 조금은 거
만해져서 목소리도 한껏 뽑아올려서 말하고 싶은 건지도 모르겠다.

‘나도 알고 보면 차암 예쁘고 괜찮고 아름다운 여잔데……’

내가 나에게 아름다움을 느낄 때 남도 아름답게 보이지 않겠는가. 어쨌거나, 베푸는 아름다움이든 이기적인 아름다움이든 생명을 살리는 일을 하는 여자는 아름답다. 그것이 아이를 낳아보지 못한 수녀이든 때로는 사회적으로 지탄받을 수도 있는 직업을 가진 여자이든.(사회적으로 지탄 운운 해놓고 나니 좀 우습다.) 일례로 창부라도 말이다. 아름다운 여자에 관한 나의 결론은 이것이다.

봄이면 해마다 동네 초입에서 풍성하게 꽃을 피우는

벚나무 꽃이파리 밑에서 꼼지락거리며 놀았다. 여름에도 가을에도 책보자기를 나무둥치 밑에 부려놓고

공깃돌놀이와 자치기를 하며 놀았다. 겨울에도 눈꽃이 풍성한 벚나무 아래서

종일 고무줄놀이를 했다. 1972년 봄 학교에서 오는 길에 마을을 점령하러 온 군대같이

벚나무 아래에 쌓여진 시멘트 포대들과 마주쳤다.

내 헤맴의 시초는 아마 그때일 것이다.

3

세상의 따순 것

아버지의 선물

1972년 겨울이었습니다. 온 세상이 다 땡땡 얼어 있었습니다. 동네 샘에 가서 빨래를 해서 이고 오면 머리 위에서 빨래가 다 얼어버려서 빨랫줄에 널 수가 없었습니다. 그렇게나 추운 겨울이었습니다. 곱은 손을 호호 불며 그 얼음덩이 빨래를 울타리에 척척 걸어두면 하루해가 다 가도록 언 채로 말라갔습니다. 그래서 한번 빨래를 하면 그 빨래가 마르는 데는 보통 이틀, 사흘이 걸렸지요. 그렇게나 추운 겨울이었습니다.

그때, 울아버지는 서울로 돈을 벌러 가셨습니다. 우리집은 딸만 셋이었습니다. 울어머니는 딸만 셋 낳은 죄인 아닌 죄인이 되어 어디를 통 나다니지도 못하셨습니다. 우리 딸들은 또 딸들대로 밖에서 구박을 당하고 사니 안에서는 싸움만 했습니다. 사랑을 받아본 사람이 사랑도 한다는 말이 영 틀린 말은 아니었습니다. 언제 한번 사랑을 받아본 적이 없던 우리는 인생이란 이렇게 줄창 싸움이나 하는 것으로 알

앉나봅니다. '징하게' 싸웠습니다. 우리 딸 삼형제는 그렇게 컸습니다. 우리집 천장의 쥐들도 그 집에 사는 아이들을 닮아 밤이면 밤마다 싸움박질을 해댔습니다. 어디 쥐들뿐입니까. 우리집 뒤안 대나무밭에서 살쾡이들이 밤마다 벌이는 난투극 소리는 온밤내 사람을 잠 못 들게 했지요. 참으로 기난하고 슬픈 헌 시절이었습니다. 그해 여름에 흉년이 들어서 우리집에는 먹을 것도 없었습니다. 날마다 서숙밥 아니면 고구마로 끼니를 때우고 우리는 검은 무명이불 속에 들어가 또 싸움박질을 하다 잠이 들었지요. 이불을 내가 이만큼 잡아당기면 언니가 또 그보다 조금 더 많이 잡아당기고 그러다보면 막내가 또 제 쪽으로 더 많이 잡아당기고 그 꼴을 보다 못한 어머니가 이불을 확 걷어버리고 우리의 종아리들을 때렸습니다. 우리 딸들이 울면 어머니도 한숨 반, 눈물 반으로 우셨지요. 누구 하나 우리집을 들여다보지 않는 적막하고 적막한 겨울이었습니다.

서울 간 아버지는 몸은 괜찮은지, 돈을 잘 버는지 우리는 통 몰랐습니다. 누군가 서울을 갔다온 사람이 우리집에 건너왔습니다. 그러면서 호롱불 밑에서 어머니와 긴 이야기를 나누었습니다. 그 사람 입을 통해서 우리 아버지가 서울에서 채소장사를 하고 있다는 것을 알았습니다. 그 엄동설한에 아버지는 리어카에 채소를 싣고 서울 골목골목을 다니며, 감자 사려어, 무 사려어, 외치고 다닌다는 것이었습니다. 우리는 속도 모르고 집안에서 싸움이나 하고 있었는데…… 그 뒤로 우리 딸들은 절대로 싸움을 하지 않았습니다. 서울에서 고생하는 아버지를 생각하면 도저히 그럴 수는 없었습니다. 그 대신 우리는 책을 읽었습니다. 호롱불 밑에서 코밑을 검게 그을려가며 아버지가 서울에서 사서 보시다 지난 명절에 가져온 '절망은 없다'란 책을 열심히 읽었습니다.

동지 무렵에 또 서울에 갔다온 사람이 우리집에 찾아왔습니다. 울 아버지가 설에도 집에 못 내려오게 되었다고, 그 이유는 빚 갚을 돈을 아직 다 못 벌어서 그렇다고, 대신 선물을 보냈노라고 아버지가 보낸 보따리를 풀어놓았습니다. 그 속에서 라디오가 나왔습니다. 뒤에다 커다란 전지약을 넣는 하늘색 라디오였습니다. 전기도 들어오지 않고 텔레비전이란 것은 상상도 못하고 신문도 없고 정말 있는 것이라곤 재봉틀 하나에 뒤주 하나가 다인 우리집에 라디오는 엄청난 선물이었습니다. 고단한 우리 아버지가 외로운 가족들에게 보내온 세상에서 가장 멋진 선물이었습니다.

일년 내내 밤이고 낮이고 우리는 그 라디오와 함께 살았습니다. 그 라디오와 함께 컸습니다. 그 라디오와 함께 뒹굴었습니다. 그 라디오를 통해서 우리는 아버지가 계신 서울을 들었습니다. 아니 보았습니다. 들으면서 상상을 했으니까요. 라디오에는 도시 냄새가 잔뜩 묻어 있었습니다. 그 라디오에서 나는 도시 냄새가 그렇게 좋았습니다. 그 것은 지금까지 내가 알고 있는 세상이 아닌 전혀 다른 세상의 냄새였습니다. 미지의 세계가 그 선물에 있었습니다. 어찌 미지의 세계뿐이겠습니까. 그 라디오에는 우리 아버지의 땀 냄새도 묻어 있었고 힘내라는 격려의 소리도 들어 있었습니다. 라디오를 보면 거기 우리 아버지 냄새가, 우리 아버지 목소리가 있었습니다.

나는 지금 예전에 아버지가 사다주신 그 라디오보다 더 좋은 라디오를 가지고 있습니다. 그러나 성능 좋은 지금의 라디오는 그냥 라디오일 뿐입니다. 그 라디오를 보면서 나는 아무 상상도 하지 않으니까요. 지금 나는 어떤 선물을 받아도 그 선물을 통해서 눈물을 흘리지는 않습니다. 그냥 즐거워만 합니다. 1972년 그 겨울, 그 춥고 암담하기만 하던 겨울에 우리 아버지가 사다주신 라디오를 보고 내가 받았던 그 느낌, 좋기도 하고 서럽기도 했던 그 기분을 어떻게 표현해야 하는지요.

세상의 따순 것

참 무던히도 많이 헤매고 돌아다녔다. 그리고 나는 이제 더 헤매고 다닐 자신이 없다. 나는 그동안 어디를 그렇게 헤매고 돌아다녔던 것일까. 곰곰이 생각해본다. 내 이 헤맴의 정체란 과연 무엇이었던가. 물론 몸이 헤매고 다녔던 것도 사실이다. 그러나 그보다 더 근본적인 것은 내 영혼의 헤맴이었다. 나는 그것을 감당해낼 자신이 이제 더이상 없다. 나는 언제부터 그렇게 헤맸던 것일까. 생각해보자.

1972년 봄을 나는 아직 생생하게 기억한다. 그날의 시멘트 포대들을. 새마을운동의 바람은 바야흐로 곡성 골짜기 내 고향에도 불어닥쳤다. 그날, 학교에서 돌아오는 길에 동네 입구 벚나무 아래에서 마주친 그 시멘트 포대들. 내 헤맴의 시초는 아마 그때일 것이다.

벚나무는 고목이었다. 그것은 해마다 동네 초입에서 풍성하게 꽃을 피웠다. 봄이면 그 꽃이파리 밑에서 놀았다. 하얀 꽃이파리 밑에서 꼼지락거리며 놀았던 어린 한 시절은 그야말로 꿈결 같았다. 여름에도 그 나무 밑에서 놀았다. 꽃이파리가 풍성했듯이 녹음도 그랬다. 가을에도 또 그 나무 밑에서 놀았다. 책보자기를 나무둥치 밑에 부려놓고 가시내들은 공깃돌놀이를, 머스마들은 자치기를 하며 놀았다. 겨울에도 물론 그 나무 밑에서 놀았다. 눈꽃이 풍성한 벚나무 아래서 우리는 해종일 고무줄놀이를 했다.

그 나무 밑에 시멘트 포대들이 엄청나게 쌓여 있었다, 1972년 봄에. 시멘트 포대는 마치 마을을 점령하러 온 군대 같았다. 나는 그 시멘트 포대가 섬뜩했다. 시멘트 포대가 벚나무 밑을 점령해서였겠지만 그날은 아무도 나무 밑에서 놀지 못하고 곧장 집으로들 들어갔다. 어쩌면 아이들이 일찍 집에 와서 일하지 않고 만날 나무 밑에서 놀기만 하니까 놀지 못하게 하려고 어른들이 시멘트 포대를 그 밑에 척 하니 쌓아놓아버렸던 건지도 모른다. 우리 아이들 중 몇몇은 그렇게도 생각했다. 어찌됐건 시멘트 포대더미는 영 기분 나빴다. 공부하는 것보다 노는 것을 훨씬 더 좋아했던 나는 시무룩해져서 집으로 들어섰다. 이제 일하는 것만 남아 있는 집이었다.

일하는 것은 정말정말 싫었다. 그래서 만날 어머니한테 등짝을 얻어맞았다. 동무들하고 벚나무 밑에서 열나게 핀 따먹기를 하고 있는데 우리 어머니가 느닷없이 오셔서 내 등짝을 후려갈겼다. 해가 아직 중천인데 어머닌 해 넘어간다고 하셨다. 해 다 넘어가는디 해찰이나 하고 있다고. 아침엔 또 그 반대였다. 해가 아직 동쪽 산꼭대기에서 다 벗어나오지도 않았는데 어머니 말씀으로는 '해가 중천'이었다. 그렇게 우리 어머니한테는 해가 중천이었다가 금방 해거름이었다. 나는 그래도 하나도 서럽지 않았다. 어머니에게 기습을 당할 때는 어쩔 수 없더라도 멀리 어머니 기척이 느껴지면 후닥닥 튈 줄도 알았다. 나는 그래도 까만 몸뻬를 입은 우리 어머니 냄새를 가장 좋아했다. 우리 어머니가 아무리 내 등짝을 후려갈긴다 해도, 그래도 나는 상관없었다.

그런 일상이 그때부터, 시멘트 포대가 벗나무 밑을 점령한 그날부터 깨져버렸다. 어쨌든 그날 나는 시무룩해서 집으로 들어섰다. 어머니는 커다란 고무함지에 씻나락을 담그고 계셨다. 씻나락 담긴 물 위에도 벗나무 꽃이파리가 동동 떠다니고 있었다. 나는 어머니를 불렀다.

"어머이."

"느그 어매 안 죽었다."

유달리 큰 내 목소리 때문이었다. 내가 호들갑을 떨면 어머닌 그 반대로 더 착 가라앉으신다.

"뭔 쎄멘푸대가 겁나네."

겁난다는 것은 많다는 뜻이다. 무엇이든지 많으면 왜 겁날까. 그 말은 정말 잘 만들어진 말이란 걸 요새 와서 절실히 체험하고 있다. 무엇이든지 많으면, 크면, 겁이 나는 일이 된다. 그것은 정말이다. 집안에 물건들이 쌓여가면 겁나고 아이들이 커갈수록 겁나고 내 지갑에 갑자기 많은 돈이 생기면 겁나고…… 아, 차라리 아무것도 없을 때가 마음 편한 것을 나는 이즈음 깨닫고 있는 중이다.

어머니는 아무 말씀이 없으셨다. 할 수 없이 부엌으로 들어가 부뚜막에 앉아 고픈 배를 식은 밥 한덩어리로 채우고 어머니가 아무 말 안 했어도 낫하고 꼴망태를 챙겨가지고 대문을 나섰다. 대문을 나서면서 다시 한번 벗나무 아래를 슬쩍 쳐다보았다. 인자 우리집은 죽었다,고 나는 생각했다. 저 시멘트 포대 때문에 우리 어머니는 날마다 동네 울력을 나가야 할 것이다. 나는 어렸어도 그것을 잘 알고 있었다.

시멘트 포대가 도착한 이틀 뒤, 마을회의가 소집되었다. 집에 아버지가 안 계시니 우리집은 어머니가 나가야 했다. 아니나 다를까, 회의에 참석하고 돌아온 어머니는 땅이 꺼져라 한숨을 쉬며 내일부터 동네 울력 나가야 하니까 느그들이 학교 갔다오는 족족 짐승들 밥도 챙겨주고 나무도 해 와야 한다고 말씀하셨다. 언제는 그렇게 안했간? 언니가 씨부렁거렸다. 어머니와 세 딸, 우리 가족 전부였다. 아버진 명절 때나 집에 오셨다. 어머니가 울력 나간 그해 봄, 우리 세 자매는 무던히도 애를 썼다. 정말 사느라고 애쓰던 나날들이었다. 밭에서 산에서 꼬무락거리는 콩만한 우리를 보고 동네 사람들이 지나가며 그랬다.

"참말로 사니라고 애쓴다."

시멘트 포대가 도착한 사흘 뒤부터 동네 숲밭의 나무들이 몽땅 잘려나가기 시작했다. 숲이 없어져 공터가 된 그 자리에 낯선 '부로꾸'들이 찍혀서 쌓여갔다. '부로꾸'가 마르자 그것으로 동네 입구에 '새마을시범공동구판장'이라는 가게를 지었다. 그리고 또 얼마 안 가 숲밭이었던 자리에 '대통령각하 특별지원사업'이라고 씌어진 '도정공장'이 지어졌다. 그 이전에 사람들은 쌀방아 찧는 그곳을 방아실이라거나, 정미소라고 불렀다. 그런데 대통령각하 특별지원사업으로 지어진 그 방아실을 사람들은 도정공장이라고 불렀다. 아침저녁으로 마을회관에서는 새마을노래를 틀어줬다. 그 이전에는 울력날 징을 치고는 했는데 이제부터는 그렇게 확성기에다 노래를 튼다고 했다. 아침에 밥 먹고 온 동네 어른들이 울력을 나가고 또 아이들은 아이들대로 삽을 메고 학교에 등교했다. 초가집도 없애고 마을길도 넓히느라 산천초야가 다 북적북적했다. 울력 나간 어머니 대신 집안일을 해야 하는 우리 집 딸들에게는 정말 고된 나날들이었다.

말 그대로 마을은 정말 달라졌다. 도리지구땡만 일삼던 후동양반은 자립마을 사람의 위상에 걸맞게 노름하던 손을 싹 씻어버렸다. 그것은 아주 좋은 일이었다. 주막에서 날마다 술로 날을 지새우던 사람들이 이제 동네 부녀회에서 파는 '적당한 양'만 사먹고 밤이 되면 내일을 위해 일찍일찍 잠자리에 들었다. 정말 표어에 씌어진 그대로 잘살려고 하는 일에 너도 나도 앞장섰다.

그렇게 잘살려고 하는 일에 너도 나도 앞장섰던 마을 사람들은 어떻게 된 일인지 하나도 잘살아지지가 않았다. 그 반대로 잘살려고 하는 일에 앞장서지 않았던 사람들은 지금도 시골에서 잘살고 있으니, 참으로 알 수 없는 일이다. 초가지붕이 없어지고 말이 좋아 융자인 빚을 얻어 '스레또'를 얹었더니 이제 거기에 울긋불긋 '뻬인또칠'을 하라고 성화였다. 아버지가 없는 우리집에서는 어머니가 그 모든 일을 혼자서 하거나 우리 딸들하고 동쪽 하늘에 두둥실 달이 떠오를 때까지 해야만 했다. 이제 좀 있으면 마을 앞으로 고속도로가 건설될 텐데 고속도로를 지나는 손님들 보기에 좋으려면 그렇게 칠을 해야만 한다는 것이었다. 어떤 사람은 빚 얻어 집을 짓고 그 집에서 일년을 못 살고 그 집 짓느라 얻은 빚으로 망해 도시로 밤도망을 치기도 했다.

사람들 사는 꼴만 변한 것이 아니었다. 이리 몰리고 저리 몰리고 하는 동안 동네 사람들 마음 또한 이상해져갔다. 나는 그것을 어린아이 특유의 본능으로 알아챌 수 있었다. 황소눈 같았던 산동양반 눈빛은 어쩐지 소도둑놈 눈빛 같았다. 우물 물속 같았던 무수굴할매의 눈빛은 어쩐지 그 속을 알 수 없는 음흉한 빛깔을 띤 것같이 느껴졌다. 소도둑놈 눈빛으로 변한 산동양반 집에 내 동무가 살고 있었지만 나는 그 집에 어쩐지 가고 싶지가 않았다. 무수굴할매 집에 내남없이 드나들며 그 집의 장항아리를 열고 된장 고추장도 퍼다 먹고 했는데 이제는 어쩐지 그러면 큰일 날 것만 같은 기분에 그 집 장독 언저리는 물론 부엌에도 얼씬할 수 없었다. 이렇게 돼버린 모든 것이 다 그놈의 시멘트 포대 때문인 것만 같았다. 객지에서 돌아온 아버지는 흙으로 지어진 세 칸짜리 오두막을 단번에 뜯어버리고 아버지 손수 시멘트 벽돌을 쌓아 집을 지었다. 그리고 그 집에서 얼마 살지도 못하고 돌아가셨다. 이후부터 나는 정말로 시멘트 정글인 도시로 나가야 했다, 동네 모든 아이들이 다 그랬듯이. 그나마 공장으로 가지 않고 도시의 학교를 다닌 것만도 감지덕지한 일이었다. 도시는 정말로 사람을 헤매게 만들었다. 시골집을 떠난 이후, 흙을 밟지 않고 산 도시에서의 내 몸과 영혼은 하루도 편한 날이 없었다. 사는 것이 정말로 사는 것 같지가 않았다. 흙집에서 살던 때가 그중 내게는 산다 싶게 살던 시절이었다. 이후의 삶이란 시멘트에서 나오는 독소만큼이나 독한 인생이어야만 했다. 순하게 산다는 것은 용납되지 않았다. 사람과 사람 사이에는 독기만이 흐르는 것 같았다. 나는 오갈 데 없이 갇힌 기분이었다. 농토가 없는 나는 다시는 시골로 돌아갈 수도 없었다.

그렇게 흙 한번 밟지 않고 시멘트 바닥만 밟고 산 지 15년, 나는 그래도 내가 갈 곳은 시골뿐이라고 단정짓고 도시에서 장만했던 내 살림살이들을 꾸려서 고향 근처로 무작정 돌아왔다. 상황은 내가 고향을 떠날 때와 별반 다르지 않았다. 얼마 전 우리 아랫집도 흙먼지 자

184

욱하게 날리며 포크레인으로 그 고운 흙집을 깡그리 밀어버리고 붉은 시멘트 벽돌집을 올렸다. 흙 한뼘이라도 보일까 마당도 시멘트로 꽝꽝 덮어버렸다. 담도 '부로꾸'로 높이높이 쌓아버렸다. 대문도 쇠대문으로 튼튼하게 달아버렸다.

헤맴에 대해서 생각하다가 여기까지 왔다. 내 영혼이 이렇게 헤매는 이유를 나는 아직도 잘 모르겠다. 그래서 자꾸 그놈의 애꿎은 시멘트 타령만 늘어놓는다. 그것도 분명히 내 헤맴에 일조하기는 했는데, 꼭 그것 때문만은 아닌 것 같다. 그러면 내 영혼이 헤매는 이유가 어떤 것일까. 어떤 한 시절 때문인가. '이리 몰리고 저리 몰리고' 하던 내 저 70년대, 그 시절에 유년을 보내다 80년도에 광주로 유학을 갔었다. 그리고 거기서 잔혹했던 한 시절을 목격했었다. 광주에서 사람이 죽어나가던 그때, 우리 시골집에서는 소들이 죽어나갔다. 새마을운동본부가 어디에서 수입해서 농가에 분양한 젖소를 아버지는 그야말로 잘 살아보겠다는 일념으로 키워보았지만 애초에 병들었던 소는 아버지의 꿈을 저버리고 그렇게 죽어나갔다. 그 와중에 내 부모도 세상을 떠났다. 내가 부모 없는 자식이 되어서인가. 어디 가 안주할 곳이 없다는 생각에 나는 서럽다.

시골에 와서도 내가 꿈꾸던 그런 시골은 이제 영영 없어져버렸다는 사실만 확인한 것만 같아 더 서러워하던 차에 저기 대밭 건너 삼베 짜는 할머니가 타박타박 우리집에를 오셨다. 이녁 '시아부니 지양'(시아버지 제사)을 모셨다고 떡 한조각, 부꾸미 한조각, 적 한조각을 비닐에 싸가지고 오셨다. 옛날 눈빛이 변하기 전의 무수굴할매가 우리집에 밤 마실 온 것 같은 착각이 들었다.

"통 동네에 나와보지도 않고 집안에 꽉 엎져만 있는 것이여?"

할머니의 이런저런 말을 듣고 있다가 나는 이상하게 가슴 한가운데서 어떤 훈훈한 바람이 불고 있음을 느꼈다. 그러면서 내 영혼이 이제 더이상 헤매지 않을 수도 있겠구나, 싶은 예감 같은 것이 들었다.

그 할머니네로 가는 길도 시멘트 포장길이었다. 아무러면 어떤가. 이깟 시멘길. 나는 애써 무시하고 밤에 세살 먹은 아기를 업고 그 집에를 갔다. 할머니 집은 대문도 없었다. 대문 없는 그 집은 세 칸짜리 오두막이었다. 그 집에를 왔다갔다하는 동안에 그 집에 놀러 오는 동네 할머니들과도 친해졌다. 나는 이제 긴 겨울밤 동안에 우리집 텔레비전 끄고 전기도 끄고 아기 업고 밤 마실을 다닌다. 아기를 포대기에 폭 감싸 업고 별이 총총한 길을 돌아 대숲 넘어 그 할머니 집에 간다. 그리고 나는 꿈을 꾼다. 나중에 나중에 나도 늙으면 그 할머니 같은 할머니가 되리라. 그 할머니 같은 할머니가 되리란 생각을 하는 순간부터 나는 차분해졌다. 그러면 내가 어떻게 늙을 것인지를 몰라 그렇게 헤맸던 것일까. 그 긴 세월을? 그리고 그렇게도 어려서부터?

혼불이 나는 밤

　우리집은 딸만 셋이었는데 어머니는 딸 셋을 데리고 살며 산비탈 밭농사를 지으며 살았다. 그러면서 늘 신세타령을 하셨다.
　"아이고 삼신할매, 좋은 일 한다고 많이도 아니고 아들 하나만 점지해줍사고 빌고 또 빌었건만 가시내년만 줄줄이 셋이나 주시면 어쩌를 헌다요, 어쩌를 혀어."
　우리 윗집에 '무수굴할매'라고 있었다. 여름밤에 무수굴할매는 곧잘 개똥참외 서너 개를 골마리 속에 숨겨가지고 우리집엘 왔다. 남편 없이 사는 어머니를 위로해준다고 와가지고서는 오히려 어머니 속만 긁어놓고 가던 무수굴할매. 나를 보고 무수굴할매는 대뜸 "야 이년아, 니년이 터를 잘못 팔아서 그러는 거여. 사내 동생헌티 터를 팔아야제 씨잘데없는 가시내 동생한테 터를 팔아놓게 너거 아부지가 머스마 동생 볼라고 서울 간 거여" 했다
　그럴 때 우리집 세 딸은 서러워져서 고개를 숙이고 닭똥 같은 눈물

을 주르르 흘렸다. 서러움도 잠깐, 무수굴할매가 골마리 속 참외를 꺼내줄 때는 또 서로 먹으려고 아옹다옹했다. 먹을 것이 귀하던 시절, 무수굴할매의 개똥참외 맛은 이 세상 어떤 음식보다 달고 맛있었다. 우리는 참외를 먹고 하늘의 별을 바라보며 마당에 깔아놓은 멍석에 누워 잠이 들었다. 오줌이 마려워 잠에서 깨어나보면 하늘에는 별이 쏟아질 듯하고 은하수가 흘러가고 있었다. 무수굴할매는 밤이 이슥하도록 어머니와 이야기를 나누었다.

"옛날에 말이여, 임실 오수라는 데서는 주인이 잠든 사이에 불이 났는데 개가 제 몸에 물을 묻혀 불을 끄다가 주인이 깨어나보니 죽어 있더래야."

"개는 참말로 영물이어라우."

"고양이는 또 어떻고. 옛날 바우골 서첨지 집에 암수 고양이가 살았는디 수고양이가 죽자 암고양이도 따라서 자진을 했더라만. 그런디, 낭중에 그 집 주인이 죽자 안주인도 자진을 했더라네. 고양이 영이 서첨지 내외헌티 들어간 거여."

"시상에나."

"일전에 나는 질순이를 봐부렀구만."

"질순이라믄 삼년 전에 시집가기 전날 물에 빠져 죽은 새터댁 딸 아닝가요?"

"맞제. 내가 저어기 물레방앗간에서 방아를 찧어가지고 오는디 그날사 비가 오고 날이 저물었는디 말이여."

"예에."

어머니는 침을 꼴딱 삼킨다. 나도 오줌은 마렵지만 꾹 참을 수밖에 없다. 무수굴할매 얘기가 무서워 꼼짝할 수가 없는 것이다. 그리고 무엇보다 무서운 얘기를 끝까지 듣고 싶어 금방이라도 터질 것 같은 아랫배에 힘을 꼭 줄 수밖에.

"그런디 내가 마악 산모롱이를 돌아오는디 시커먼 산속에 질순이가 서서 나를 허옇게 흘겨보고 있더랑께."

"그래라우?"

"이상허게 발걸음이 안 떨어지데. 헐 수 없이 종종걸음을 치다가 돌아봉께 안즉까지도 나를 흘겨보는 것이 소름이 쫘악 끼치데."

"질순이 혼불이 안즉도 즈그 집 둘레를 돌고 있다더니 아무래도 영혼결혼식이라도 올려줘야 쓸랑가?"

"그러게 마시."

무수굴할매가 그러게 마시, 하는 순간 밤하늘 한가운데를 가르며 굵은 싸리빗자루만한 혼불이 휘익 지나간다. 그 다음날 아침 우리는 새터댁 길순이와 약혼을 했던 윗말 덕기아재가 죽었다는 소식을 들었다. 그리고 얼마 뒤 질순(길순)과 덕기아재는 영혼결혼식을 올렸고 산모롱이에서 죽은 질순을 보았다던 무수굴할매는 그 이듬해 이 세상을 떠났다.

아, 그리운 무수굴할매. 그리고 다시는 오지 못할 그 설움과 공포와 아늑한 꿈의 그 여름밤.

그 골목에서 샀던 두부 한 모

고등학교 시절, 시골에서 올라온 나는 난생 처음 자취를 하게 되었다. 허름한 산동네의 좁은 골목을 한참 오르다보면 멀리 내 방의 작은 창문이 보였다. 창문은 골목에서 곧바로 방안이 들여다보이는 것이어서 어머니는 내 방을 얻어주던 날 시장에서 창호지를 사다가 작은 무늬를 오려 창에 붙여주고 가셨다. 늦은 밤 학교에서 지친 몸으로 내 방이 있는 골목을 오르다보면 나는 창호지가 발라진 내 방 창문부터 바라보게 되었다. 창문 안은 늘 어두웠다. 내가 학교에 간 동안 아무도 내 방에 오지 않았고 늦은 공부를 마치고 온 자취방은 연탄불조차 꺼져서 쓸쓸하기가 이루 말할 수 없었다. 차가운 자취방은 불기가 없어서 습기까지 찼고 습기가 찬 방에 바퀴벌레가 나와 함께 살았다. 내 방은 높은 지대에 위치해 있었으므로 나는 창호지 바른 창 너머로 저 아래 맞은편 골목을 굽어볼 수 있었다. 맞은편 아랫골목에는 이제 막 신축한 양옥들이 모여 있었고 그중 한 양옥의 이층방 창문에는 커튼이 드리워져 있었다. 학교에서 일찍 돌아온 토요일이나 학교에 가지 않는 일요일 오후 석양 무렵에 나는 커튼이 드리워진 그 이층집의 창문에서 울려나오는 피아노 소리를 들었다. 그런 날 듣는 피아노 소리에는 사뭇 이국적인 정취마저 묻어 있었다. 나는 시골에서 갓 올라온 가난한 자취생이고 저 아래 이층 양옥의 피아노 소리는 가난한 자취생이 도달할 수 없는 세계에 있었다.

석양이 비끼는 고적한 일요일의 저녁, 산동네의 골목으로 두부장수의 요령 소리가 저 아래서부터 올라왔다. 나는 창호지 바른 창문을 열고 골목 밖으로 손을 내밀어 두부 한 모를 샀다. 자취생의 반찬 중에서는 최상급인 두부김치 요리가 내 쓸쓸한 일요일 저녁을 장식해주었다.

두부김치 요리를 해 먹고 난 다음날인 월요일 아침, 나는 어제 일요일에 깨끗이 빨아서 다린 교복을 입고 산동네의 골목을 바쁘게 뛰어내려갔다. 커튼이 쳐진 이층집에서 나오는 아이를 나는 보고 싶었다. 언젠가 일요일 나는 이층집의 피아노 소리에 홀려 나도 모르게 아랫골목인 양옥지대로 들어선 적이 있었다. 피아노 소리가 나오는 그 집 앞에 섰을 때 나는 보았다, 커튼이 쳐진 방에서 나오던 소녀를. 그때부터 학교에 갈 때마다 지름길인 산동네 길을 접어두고 아랫길인 양옥지대 골목을 통해 학교에 가는 이상한 버릇이 생겼다. 피아노를 치는 소녀, 이층 양옥의 커튼이 드리워진 방, 그것들이 그때의 내 꿈이었다. 내 꿈의 실체가 그곳 양옥지대의 이층집에 있었다. 그때는 그랬었다. 나는 바퀴벌레와 함께 살아야 했던 내 자취방에서의 쓸쓸함을 그곳 이층집의 피아노 소리에 위무받을 수 있었다. 허름한 산동네의 자취방은 현실이었고 산 아래 이층집은 내 환상이었다.

쓸쓸했던 내 여고시절로부터 오랜 세월이 흐른 지금, 나는 커튼이 쳐진 이층집도 아니고, 그곳에서 나오던 피아노 소리도 아닌 그곳, 허름한 산동네의 내 자취방을 그리워하고 있다. 고적했던 열일곱 시절의 일요일 한때, 그곳 산동네의 골목에서 창 너머로 손을 내밀어 샀던 두부 한 모를 나는 지금 다시 사고 싶다. 그 정다웠던 두부장수의 요령 소리를 꿈결에서라도 다시 듣고 싶다. 그때는 꿈이었던 커튼이 한 겹도 아닌 두 겹으로 드리워진 견고한 아파트에 사는 지금.

아버지의 목소리

우리는 섣달 그믐밤을 밝혀 아버지를 기다렸다. 밤은 깊어가고 내일 아침 차릴 설 음식도 다 익었건만 아버지는 오지 않았다. 추운 밤 감나무 가지는 삭풍에 떨고 차가운 밤하늘에 별들만 초롱하게 빛났다.

"엄마, 아부지 언제 와?"

"금방 오실 거다."

"어디만큼 왔을까?"

"하마 읍내에 도착했을 거다."

한참 있다가 또 엄마한테 물었다.

"엄마, 아부지 인자 저어기 동네 밖에 왔겄다."

"무듬돌 지나서, 다리 건너서 당산까지 왔겄다."

아무리 기다려도 오지 않는 아버지를 그리다 우리는 잠이 들었다. 그러다 새벽녘 얼핏 잠이 깼을 때 들려오던 아버지의 목소리. 아버지 냄새.

"아부지."

"오냐."

아버지 몸에서는 새벽공기 냄새가 났다. 설날 아침에 대기 위하여 온밤내 밤기차를 타고 오신 아버지. 설날 아침에 듣는 아버지의 목소리. 온 집안이 꽉찬 듯 느껴지던 그 행복감을 나는 잊지 못한다. 설이 지나 아버지가 다시 서울로 올라가야만 할 때 우리는 서러움에 겨워 흐느껴 울었다.

"아부지가 돈 많이 벌어 올게. 그동안 엄마 말씀 잘 듣고 잘 있거라."

아버지는 그렇게 우리들의 머리를 쓰다듬어주시고 동구 밖으로 멀어지셨다. 멀리 떠나는 아버지. 안타까운 아버지의 뒷모습이 가물가물 멀어지고 나면 온 세상이 텅 비어버린 듯이 느껴지곤 했던 나의 유년 시절. 아버지는 늘 그렇게 내게 안타깝고 그리운 존재였다. 언제 한번 아버지와 함께 온 식구가 마주앉아 밥 먹고 살아본 기억이 없는 내게 아버지란 존재는 늘 잡아도 잡히지 않는 모든 그리운 것의 실체가 되곤 했다.

나이가 들어 내가 대학입시를 치를 무렵에 나는 또 한번 잊을 수 없는 아버지의 목소리를 들었다. 시험을 치르던 날 아침, 왜 그렇게 날씨가 추웠던지. 나는 광주에서 자취를 했다. 입시 전날 밤에 아버지는 시골에서 내 자취방으로 오셨다. 아버지는 아무 말씀 없이 딸이 밤 늦도록 책상에 앉아 있는 동안 이마에 팔을 얹은 채로 눈을 감고 계셨다. 아버지는 무슨 생각을 하며 그러고 계셨을까. 내일이 시험날이라 나는 긴장이 되어서 글씨가 제대로 눈에 들어오지 않았지만 불안한 마음에 책을 들여다볼 수밖에 없었다. 책을 들여다보고는 있었지만 아버지의 고민스런 얼굴을 보며 내 속에도 아무런 생각이 없는 것은 아니었다.

'내가 대학시험을 친들 뭘 하나. 돈을 벌어야 하는데.'

그러면서도 한편으로는 '아냐, 돈을 벌자면 대학엘 가야 해' 하는 생각도 들었다. 입시 전날, 아버지의 주름잡힌 이마의 움푹 파인 볼에 나는 슬펐다. 드디어, 시험이 치러지던 당일, 아버지는 시험장에 들어가는 나에게 눈짓으로 어서 들어가라 말씀하셨다. 그 눈빛은 이렇게 말하고 있었다.

'어여 들어가라. 합격이 안되면 할 수 없지만 합격이 되면 또 이 아비가 어떻게 해보마.'

입시날, 합격 불합격을 염려한 것이 아니라 돈을 먼저 염려해야 했던 나의 스무살 시절. 평생을 원수 같은 돈 때문에 허리띠를 졸라 매시다가 결국은 돈이 없어 병원에서 치료도 제대로 못 받아보고 저 세상으로 가신 우리 아버지. 시장엘 가거나 길을 걷거나 할 때 나는 어디선가 우리 아버지 목소리가 들리는 것 같아 얼른 고개를 소리나는 쪽으로 돌린다.

"선옥아, 돈 걱정 허지 말고 니 헐 일이나 열심히 허거라."

내게 돈이 생길 때마다 나는 아버지 생각으로 목이 메는 것을 어찌지 못한다.

깨잘을 아는가

내 고향 곡성에서는 과자를 깨잘이라 한다. 깨잘이라는 말은 과줄에서 온 것인데 과줄이 과질로 과질이 깨잘로 변천된 것으로 추측된다. 어원이야 어쨌든간에 나는 어린 시절 이놈의 깨잘 타령으로 밤낮 없이 우리 어머니 속을 끓이곤 했다.

"어머이, 깨잘 좀 만들어줘."

그랬다. 사줘가 아니고 '만들어줘'였다. 왜냐하면 그 시절에는 뭐든지 산다는 개념보다는 만든다는 개념만이 있었던 구조였으니까. 동구 밖 신작로 가에 주막이 하나 있었는데 거기에 깨잘이 없는 것은 아니었다. 고무줄, 성냥, 빙초산(식초 대용으로 썼다), 사카린, 소다, 막걸리 등 잡다한 생활용품과 식품 들이 먼지를 뒤집어쓴 한켠에 눈깔사탕이라 불리는 사탕, 꽈배기, 추잉껌 등속이 과자라는 이름으로 놓여 있었다. 그러나 그 과자들을 사먹을 수는 없었다. 돈이 없었기 때문이다. 학용품 하나를 사려 해도 돈이 없으므로 계란을 모아두었다가 현

196

금 대신으로 사용하곤 했던 시절이었으므로 먼지를 뒤집어썼을망정 과자는 과자인 그 맛난 것들을 우리는 손님이나 와야 겨우 맛볼 수 있었다. 손님들이 간혹 마을 어귀에서 인사치레로 사들고 오던 그 알사탕과 꽈배기와 껌 들을 어머니는 한번에 주지 않고 우리가 모르는 곳에 감춰두고 조금씩 꺼내주곤 했다. 아, 그 껌들. 씹다 씹다 지치면 바람벽에 붙여놓았다가 다음날 떼어서 또 씹었던 나날들. 색껌이라고 크레용을 조금 떼어서 껌하고 같이 씹어서 혀까지 물들어버린 적도 있다. 묵은 껌과 파라핀이 섞여서 나는 그 오묘한 냄새와 감촉을 혀끝으로 굴리는 맛, 그것을 경험해본 적이 있는가.

아, 과자! 과자를 실컷 먹을 수 있는 유일한 날, 그런 날이 바로 명절이다. 명절에는 물들인 껌도, 눈깔사탕도, 꽈배기도 이제 더이상 맛있는 과자가 되지는 못한다. 그보다 맛있고 화려한 그야말로 '깨잘'들이 지천이기 때문이다. 자, 그 깨잘들의 품목을 열거해보자. 찹쌀가루로 떡을 하여 말려서 곱돌에 일어낸 유과, 지금은 그 유과를 대부분 기름에 튀겨내어 조청을 바르고 튀밥가루 고물을 묻히지만 예전에 내 고향에서는 무쇠솥에 곱돌을 달구어서 그 달구어진 열기로 유과를 부풀렸다. 기름에 튀기면 느끼한 맛이 나지만 곱돌에 일어내면 고소한 맛이 난다. 집에서 찧은 밀가루에 참기름을 넣고 생강즙, 술, 꿀을 넣어 다식판에 눌러서 튀겨내어 꿀에 담갔다가 건져낸 약과, 콩가루를 반죽하여 화롯불에 구워낸 콩깨잘, 참깨와 들깨를 조청에 이겨서 방망이로 판판하게 치대어 만드는 깨깨잘, 다른 지방에서는 이런 깨잘을 강정이라고도 한다. 그러나 우리 고장에서의 강정은 찹쌀풀에 볶은 콩을 넣고 무쇠솥에 보자기를 두르고 푹 쩌낸 것을 말한다.

봄에는 송화다식을 해먹은 기억도 있다. 산천에 누런 송홧가루가 흩날리는 무렵에는 들판에도 노오란 유채꽃이 만발해 있다. 아직은 차가운 바람을 뚫고 산속을 종횡무진으로 누비며 송홧가루를 받아와서는 꿀로 반죽하여 다식판에 찍어낸다. 노란빛과 달착지근한 송화다식의 향내를 나는 지금도 잊을 수 없다. 다식의 종류로 치면 송화다식뿐 아니라 녹말다식, 밤다식이 있다. 색색깔의 그 다식들은 보기만 해도 황홀했다.

약밥이라는 것도 있다. 찹쌀밥에 꿀, 참기름, 간장으로 간을 하여 밤, 대추, 잣을 섞어서 버무려 찐 단맛이 나는 밥이다. 정과는 도라지, 생강, 유자, 연근 등을 조청에 졸이는 것을 말한다. 요즘에는 밥반찬으로도 이용하지만 예전에는 과자의 일종이었다. 그러나 이 모든 과자와 다식과 정과 들을 명절이 와도 해 먹을 수 없는 가난한 집안에서는 떡을 한다. 봄이면 지천에 돋아난 쑥을 뜯어다 쑥굴리떡을 해 먹고 온 산에 불붙은 진달래꽃을 따다가 화전을 부쳐 먹었다. 일철이 막 시작되기 전 부녀자들은 고운 한복을 입고 북과 장구를 메고 무쇠 솥뚜껑과 참기름통을 들고서 마을 뒷산으로 올라간다. 본격적인 농사철을 앞두고 화전을 지져 먹으며 몸을 푸는 것이다. 판판한 언덕에서 진달래전을 부쳐 먹으며 봄볕 아래 부녀자들은 노래하고 춤추었다. 그때 그이들의 얼굴이 꼭 진달래꽃 빛으로 붉게 물들었던 것을 아련히 추억한다. 진달래꽃 대신 보얗게 돋은 쑥으로 쑥전을 부쳐 먹기도 했다. 요즘의 프라이팬 대신으로 뒤집은 무쇠 솥뚜껑에 참기름을 바르고 찹쌀가루 반죽한 것을 손으로 뚝뚝 떼어내 부쳐 먹었던 그 고운 지짐이들. 한여름 백중 때는 증편이란 떡도 해 먹었다. 기정떡이라고도 하는 그 떡을 해 먹을 쌀이 없는 집에서는 밀가루로 빵을 쪄 먹었다. 여유가 좀 있는 집에서는 쌀에 막걸리를 넣고 맨드라미 꽃잎으로 붉은색과 초록색의 물을 들인 증편을 했는데 쉽게 쉬지 않도록 술을 넣어서 부잣집에서 한번 증편을 찌면 온 동네 아이들 손에 들린 증편에서 나는 달콤한 술냄새가 골목 안에 감돌곤 하였다.

추석에는 송편 대신 백설기를 했다. 곡성 지방에서는 백설기라 하지 않고 흰무리라 하는데 추석 때야말로 한창 바쁜 일철이라 우리 어머니들은 어린 딸네들에게 떡을 찌게 하였다. 워낙에 흰무리가 만들기 간편하기 때문이다. 어머니가 우리에게 떡을 맡기고 들에 나간 사이 언니와 나와 동생이 진을 친다. 언니는 시루에 떡을 안치고 나는 시루변을 만들어 솥과 시루 사이를 봉하고 동생이 불을 땐다. 이제나 저제나 김이 오르길 기다리며 추석떡을 찌던 그날, 왜 그리도 하루해가 길던지. 아궁이에 장작을 지펴넣고 우리 세 자매는 서울에 돈 벌러 간 아버지가 하마 오시려나 동구 밖을 굽어보기도 하고 설핏하니 기우는 가을해 주변으로 몰려드는 석양녘의 잠자리떼들을 휘저어보며 이제 조금씩 시들어가는 옥수수 울타리에 쪼그려앉아 떡이 다 되기를 기다렸다. 어머니는 고된 들일을 하고 석양을 등에 받으며 "떡 다 되었냐?" 하시며 올라온다. 어머니가 솥뚜껑을 열고 대꼬치로 푹 찔러보고는 만족한 웃음을 입에 물고 하시는 말씀, "삼형제가 시집가도 쓰겠다". 우리는 어머니가 떼어준 떡 한주먹씩 입에 물고 배시시 흰무리 같은 흰 웃음들을 짓곤 했다.

이제 어머니가 시집가도 쓰겠다던 그 딸들은 다들 제 갈 길로 가고 어머니는 돌아가셨다. 해마다 추석이 오면 석양녘의 흰무리가 말할 수 없이 그리워진다. 그날, 만족스럽게 입에 베어물던 흰무리 같은 그 촌년들의 미소가 아련히 떠올라 나는 울컥 목이 멘다.

올해는 내 딸들에게도 떡을 좀 찌게 하고 싶다. 흰무리 같은 미소를 입에 무는 내 딸들의 모습을 한번 보고 싶다. 뭐든지 사야 된다는 의식이 굳어져버린 이 도시 아이들에게 직접 명절 음식을 장만해보게 하고 싶다.

그러고보면 콩깨잘을 직접 만들어 먹던 시절에는 콩깨잘 같은 심성들이 우리 주위에 남아 있었다, 그 소박한 빛과 냄새와 형태의 먹을 거리들을 닮은 심성들이. 해서 그 시절의 음식들은 그 시절에 우리가 가졌던 그 고운 심성들이 빚어낸 것들이었다. 형형색색이 화려하기만 한 요즘의 먹을 거리들에 비해 한량없이 조촐하기만 했던 그 음식들, 그 깨잘들. 아, 깨잘을 아는가.

함박꽃에 관한 기억

　그 집에는 진분홍의 밥티꽃이 막 지고 나서 상여꽃의 꽃구름이 피어나고 있었다. 내가 그 꽃을 보고 "어머나, 수국이 피었네!"라고 감탄하자 그 집에서 심부름을 해주며 사는 소녀가 "아니어라우, 그것은 함박꽃이어라우" 했다. 그러자 오래된 그 집 대청에 앉아서 이 광경을 지켜보고 있던 그 집의 상할머니가, "내가 갈쳐주마. 그것은 생이꽃이란 거여" 했다. 수국과 함박꽃과 상여꽃으로 불리는 그 꽃의 색깔은 언뜻 봐서는 하얀색인 줄 알았다.

　하루 종일 오던 비가 개어 있었고 아직 어둠이 내리진 않았지만 저녁 무렵이었다. 캄캄하지도 않고 어둡지도 않고 환하지도 않고, 그런데도 모든 사물과 풍경과 사람들의 표정이 더 또렷해 보이는, 그런 때였다. 온 세상은 물방울들 천지였다. 이제 막 새 움을 틔운 가죽나무 매끄러운 이파리에도, 쌀밥같이 조롱조롱한 감꽃에도, 텃밭의 파와 시금치와 부춧잎에도…… 그 부추만 해도 그랬다.

그 집에서 일하는 소녀 정금이는 내가 치맛단에 달라붙는 물기를 털어내며 "어머, 부추 향기가 보통이 아니네" 하자, "그것은 솔이어라우" 그랬다. "아니어라우. 그것은 솔이어라우" 하던 정금이의 목소리, 나 있는 어디든 쫓아다니며 "아니어라우" 하던 그 아이. 눈이 초롱초롱히고 뺨이 붉고 머리키락이 노랗고 종아리가 포동포동하던 아이. 저녁에 수국이자 함박꽃이자 상여꽃인 그 꽃 옆에서 처음 본 아이.

내가 막 그 집 대문에 들어섰을 때, 열한살인데도 아기 것 같은 손을 가진 그 아이는 제 손보다 더 큰 그 꽃봉오리가 머금고 있던 물기를 툭툭 털어내고 있던 참이었다. 물기 가득한 그 저녁의 꽃처럼 정금이도 물기가 가득했었다는 걸 나는 왜 그때 알지 못했던 것일까. 내가 그랬던 것은 정금이는 눈보다도 가슴속에다 그 많은 물기를 담고 있어서였는지도 모르겠다. 먼 훗날에 만난 정금이가 그랬으니까, 눈으로는 울 줄도 모르는 정금이였으니까. 그날 비가 갠 저녁이었고 물기와 안개가 그 집 마당에 낮게 낮게 깔렸다. '솔'을 한 소쿠리 베어가지고 뒷마당 우물로 가다가 거위를 발견하고, 내가 "어머! 거위도 있네!" 하자 여지없이 정금이가 "아니어라우" 했다.

"아니어라우, 그것은 때까우여라우."

그 집은 우리 아버지의 '외갓집'이었으니, 나로서는 '진외갓집'이었다. 물기 가득한 그날 저녁 무렵, 그 집에 찾아갔을 때의 나는 스무살이었다. 그리고 스무살의 내 뒤를 열한살의 정금이가 졸졸 따라다니며, "아니어라우" 하던 그때는 오월이었다.

진외갓집의 동창에게서 부음을 듣고 그 집엘 갔다. 말하자면 아버지의 사촌이 돌아가신 것이다. 집은 오래 비어 있었다고 했다. 사람이 오래 살지 않은 집의 서까래는 습기가 스며들어 썩어가고 있었고 마당에는 잡초가 무성했다. 그래도 장례를 치르는 그 마당에는 오랜만에 사람의 훈기가 돌기 시작했다.

그 옛날에 아버지의 외숙모가 앉아서 "그것은 생이꽃"이라고 말하던 그 대청에 앉아 있는데 마당에서 일하던 동네 아주머니들이 대문을 들어서는 여인에게 "어젯밤에도 신랑에게 뚜드려 맞더니, 괜찮은 갑네" 했다. 여인은 대꾸도 않고 곧장 부엌으로 가다 말고 내게로 와서 인사를 건넸다.

"저 모르겠소, 정금이여라우."

순간, 여전히 "여라우" 하는 정금이 뒤에 함박꽃이 흐드러져 있었다. 그것은 아버지의 사촌이 타고 갈 상여에 피어난 바로 그 상여꽃이었다.

1985 여름, 광주

그해 여름, 나는 시골 직행버스 안내원이었다. 그 시절에는 안내양이라고 불렸다. 광주에서 출발한 직행버스는 나주, 영산포, 무안을 경유하여 목포까지도 가고 해남이나 강진을 경유하여 완도나 진도로도 갔다. 나는 이 두 개 노선을 하루에 두 번 혹은 세 번씩 왔다갔다했다. 내가 스물두살 때 일이다. 나는 그 시절 다니던 대학을 휴학하고 있었다.

내가 버스를 타고 안내원 제복을 입고 광주 시내를 가로질러 시외로 나갈 때 내 친구들이 시내 도로에서 '꽃병'과 '짱돌'을 던지며 치열하게 '가투'를 벌이고 있는 모습을 종종 볼 수 있었다. 나도 얼마 전까지, 그러니까 버스 안내원이 되기 전까지 바로 그곳에 있었다. 그리고 몇달 뒤, 나는 그곳을 벗어나와 버스에 몸을 싣고 전혀 남의 일인 듯 내 친구들을 스쳐 지나갔다. 어떤 날은 '숙박'을 가서 완도나 진도 혹은 목포의 안내원 숙소에서 자고 다음날 일쩍 광주로 돌아오기도 했다.

복잡다단한 사정으로 휴학을 하고 어디 마땅한 일자리가 없어 거리를 배회하던 중 버스터미널 기둥에 붙여진 안내원 모집광고를 보고 찾아가서 안내원이 된 나는 학교를 그만두고 주로 공장으로 간 내 친구들보다는 임금을 좀더 받았던 것 같다. 공장에 '위장취업'한 친구들에게 이따금 술도 사주고 밥도 사주고 했던 것을 보면. 아, 숙박비란 것이 있었다. 월급 외에 점심값이나 숙박비란 것이 있어서 나는 끼니를 주로 빵이나 우유로 때우고 그것을 모아 친구들에게 인심도 쓰고 내 동생 운동화도 사주고 쌀도 사고 반찬도 사고 했다. 그때만 해도 전라도 내륙, 깊숙한 곳들은 도로가 제대로 포장이 안되어서 비라도 오고 나면 길이 질퍽거려서 안내원인 나도 손님들과 함께 버스 뒤꽁무니에 매달려 버스를 밀었던 기억도 난다.

1985년, 정말 암울한 시대였다. 나는 버스 속에서 라디오 뉴스를 들으며 학원안정법 반대투쟁을 벌이는 내 친구들을 생각했다. 나도 그 현장에 가고 싶었다. 그리고 거기에 갈 수 없는 내 처지가 외로웠다. 어머니가 지난봄 돌아가시고 아버지는 빚쟁이에 쫓겨 피신해 있고 언니는 고속버스 안내원을 하고 동생은 고등학생이었다. 어떡하든 언니와 내 힘으로 동생을 학교에 보내고 우리들의 생활을 꾸려가야만 했다. 빚쟁이들은 날마다 우리 자취방으로 와서 우리들의 먹살을 잡아 흔들다가 돌아갔고 우리는 얼마 전 돌아가신 어머니가 그립고 생활이 어렵고 돈이 없어 울었다. 그런 시절이 있었다. 내 스무살 초반의 일이다.

때는 8월이었고 광복절이었다. 그날도 강진 마량이라는 전라도 중에서도 깊숙한 포구에서 하룻밤을 자고 광주로 들어선 날이었다. '광주공용버스정류장'은 금남로 입구에 있었다. 시위는 주로 금남로에서 일어났고 그날도 금남로 입구에서 바라본 거리는 최루탄 연기가 자욱

했다. 그리고 나는 보았다, 누군가 젊은 남자가 온몸에 불을 붙이고 달려가다가 쓰러지는 것을. 이름은 홍기일, 직업은 노동자, 광주학살원흉 처단하라는 구호.

나는 안내원이었고, 그래서 그때 근무중이고 근무처인 버스를 이탈해서는 안되었지만 버스가 잠시 멈춘 틈을 타 나는 버스에서 내렸다. 그리고 금남로 쪽으로 정신없이 달려갔다.

그것으로 6개월간의 버스 안내원 생활은 끝나고 말았다. 이후에 일자리를 찾아 또 방황하는 날들이 계속되긴 했지만 어쨌든 나는 그날, 뜨거운 폭염 속에 뜨거운 불을 덮어쓰고 산화하는 젊은 넋을 그저 바라보고만 있을 수는 없었다. 적어도 내 몸에 불을 붙이지는 못할망정 그곳에, 현장에 있어야만 할 것 같았다. 그러지 않으면 내 젊음의 뜨거움이 나를 송두리째 불살라버릴 것만 같았다.

세월이 흘러 1987년 여름, 나중에 6월항쟁이라고 명명된 시위가 날마다 계속되고 있었다. 나는 그때 신혼의 새댁이었다. 수많은 사람들이 날마다 거리로 쏟아져나오고 밤 늦어 돌아오는 남편의 몸에서 최루탄연기 냄새가 안 나는 날이 없었다. 세탁기 없이 살던 시절이었다. 나는 날마다 밤 늦게 남편의 옷을 빨아대며 얼마나 울었는지 모른다. 아, 그때 독한 최루가스가 내 눈을 자극해서 그랬는지, 아니면 아니면, 어떻게 해볼 수 없는 내 안의 열정이, 세상을 향한 젊은 열정이 나를 울게 했는지 그도 아니면 무엇 때문에 그다지도 눈이 퉁퉁 붓도록 울어야만 했는지 나는 지금도 알 수 없다. 그리고 나는 아직도 그 시절, 내 이십대의 여름들을 눈물 없이는 떠올리지 못한다.

밤의 어둠과 고요를 내게 주시오

'내 귀는 멀미가 난다. 소리 안 나는 곳으로 나를 가게 해다오.'

아버지 어머니 묘지에 갈 때마다 듣게 되는 소리다. 그 소리를 듣게 된 이후부터 나는 길이 싫다. 한때, 길들은 우리에게 얼마나 정다웠던 가. 오롯이 난 작은 길, 오솔길, 포장 안된 신작로, 그 신작로 양켠엔 키 큰 미루나무가 줄지어 서 있었더랬다. 오가는 것은 걸어가는 사람 들, 탈것이라야 우마차와 자전거와 이따금씩 술도가집에서 주막으로 술을 배달하는 딸딸이뿐. 길이 그런 길이었을 때 그 길들은 얼마나 사 랑스러웠던가. 술도가집 딸딸이를 얻어탄 날은 또 얼마나 행복했던 가. 막걸리가 튀어올라 궁둥이를 몽땅 적시기는 했어도. 따릉거리며 자전거를 몰고 오는 남학생에게 뒤꼭지가 뜨거웠던 아름다운 나날들 이 20여년 전의 신작로에 있었다. 감자를 캐어서 머리에 이고 오다 작은 길에서 그 남학생과 딱 마주쳤을 때, 그 또한 양어깨에 지게를 지고 있다가 감자를 인 나와 마주치자 어쩔 줄을 몰라했던 수줍은 한

때가 산밭의 오솔길에 있었다. 구불구불한 논두렁길, 저녁 노을이 비낀 밭두렁길, 달맞이꽃이 뽀얗게 피어나던 저수지길, 저녁 연기가 매콤하게 깔리던 골목길, 그 길들 위에 고요가 내려 덮이던 순정한 날들이 있었다.

어머니 산소를 이머니 살아 생진 고구마를 심던 양지바른 황토밭에 썼다. 아버지 산소는 그나마 자리도 없어 마을 앞 '쇠잣등'이라 불리는 공동 산에다 썼다. 처음 묘지를 쓸 때만 하더라도 어머니 자리는 고요하였다. 이따금 이웃 밭의 아낙들이 부르는 육자배기 소리가 어머니를 심심찮게 해주었고 봄의 뻐꾸기 소리, 여름의 매미 소리, 가을의 콩 꼬투리 터지는 소리, 겨울의 솔바람 소리가 어머니에게 친구가 되어주던 곳이었다. 아버지의 자리는 신작로가 내려다보이는 곳에 있어서 이따금 먼지를 돌돌 말며 달려가는 버스를 내려다볼 수 있어 좋구나 싶었고, 저 아랫논 옆으로 흘러가는 시냇물 소리가 거기까지 올라와줘서 아버지를 거기 모시고 내려오는 내 마음이 그리 허전하지 않았다.

어머니 돌아가신 지 어언 15년, 아버지 가신 지 10년이 되어간다. 그사이에도 세상은 변해갔다. 세상이 변한 것을 나는 길을 보고 안다. 양켠에 무성했던 미루나무가 죄다 베어져 신작로는 사람이 걷기에 딱딱하기가 이루 말할 수 없는 아스팔트길로 바뀌고 걸으면 부드러운 풀잎들이 감겨오던 오솔길까지 콘크리트가 깔렸다. 모든 길이란 길은 딱딱한 것투성이다. 딱딱한 길을 사람들은 이제 걷지 않고 탈것을 타고 다닌다. 개구리와 풀섶의 여치와 노루와 다람쥐와 그리고 사람들이 탈것들에 깔려 죽어간다. 길은 이제 무섭다. 부드러운 흙길은 이제 눈을 씻고 찾아보아도 없다. 부드러운 흙길이 사라지자 그 길 위의 고요도 사라졌다. 꽃상여가 멀리 돌아가던 산길 대신 이제 산꼭대기까지 포장된 길을 장의차가 달려간다.

마음이 심란할 때면 어머니 아버지의 산소엘 갔다. 거기 가면 마음을 위무해주는 고요가 있어 좋았다. 고요 속에 새 소리 물 소리를 들을 수 있어 좋았다. 부모님 산소에 가는 길은 자식들에게 소풍길이었다. 즐거운 길이었다. 그런데 지금 부모님 산소 가는 길은 괴로운 길이 되고 말았다. 자식들인 우리가 괴로운데 그곳에 늘 있어야 하는 부모님은 오죽할까. 날 좀 편히 쉬게 해다오, 아가야. 거기 가면 이제 늘 내 부모의 그런 하소연을 듣는다.

고요가 사라지고 어둠이 사라졌다. 세상에 불이 이렇게 흔하지 않았을 때 그 얼마나 정다웠던가. 도시에서 학교를 다니다가 집에 오는 길에 보이던 불빛, 우리집의 불빛은 그 얼마나 눈물겨웠던가. 그럴 때의 별빛, 그럴 때의 달빛은 또 그 얼마나 온 세상에 충만했던가. 산소에 가면 아버지의 음성이 들려온다. 아가, 나를 좀 어두운 곳으로 가게 해다오. 불이 꺼지지 않는 세상 바라보기가 너무 힘들다.

고속도로 주변의 벼들은 잘 여물지를 못한다고 한다. 식물들도 잠을 자야 크는데 만날 환하고 시끄러우니 그것들인들 제대로 자랄 수가 있겠는가.

얼마 전 광주에 나갔다 왔다. 예전에 내가 대학을 다니던 때의 학교 주변은 고요했었다. 그런데 지금은 불야성을 이루는 유흥가가 되어 있다. 도시에 나갈 때마다 나는 탄식을 넘어 거의 절망을 하고 만다. 왜들 이렇게 환하고 왜들 이렇게 시끄러우나. 이유는 단순하다. 고요와 어둠은 돈이 되지 않지만 밝음과 소음은 돈이 되기 때문이다. 낮은 밤의 형해라는 말도 있지만 도시의 밤은 너무나 육체적이다. 오히려 낮이 더 조용할 지경이다.

시골에서는 9시만 되면 잘 시각이다. 몸이 제가 알아서 잘 준비를 한다. 내가 한창 자고 있을 때 이따금 도시에 사는 친구들에게서 전화가 온다. 그 친구의 전화기 주변에서 나는 소음도 따라 들려온다. 시끄러운 음악 소리가 들리는 곳은 분명 술집이다. 야, 너 어쩌고 하며 거의 고함에 가까운 사람들의 목소리가 묻어 들려올 때 그곳은 분명 길거리다. 전화를 건 친구가 설령 집에서 전화를 했다 해도 텔레비전 소리, 아기 울음소리 같은 것이 들려온다. 아기가 왜 아직까지 안 자냐고 다소 놀라서 물으면, 아니 몇신데 벌써 자? 하고 오히려 그쪽에서 반문한다. 언제부터 인간이 이렇게 야행성이 되어버렸나. 시골에 살면서부터 밤에는 아예 전화기 코드를 빼어버린다. 밤에는 자야 하는 것이다.

요즘은 시골에도 골목골목에 밤중 내내 불을 밝히는 붉은 등이 설치되어 있다. 관에서 주민편익사업 한다고 설치해둔 모양인데 나는 그것이 영 거슬린다. 여름에는 덥고 겨울에는 추워야 하듯이 낮에는 환하고 밤에는 어두워야 하는 것이다. 나는 강제로 빼앗긴 밤의 어둠을 돌려받기 위해서 제발 가로등을 철거해주시면 안되겠느냐고 하소연을 한 적이 있다. 그랬더니 공무원은 도대체 나를 이해 못하겠다는 듯 고개를 갸웃거리며, 환한 게 좋잖아요, 하고 말한다.

고기 못 먹어 걸신들린 민족인가 착각에 빠질 정도로 가는 곳마다 고깃집이 즐비하고, 옛날 통행금지 시간 있던 때에 한 맺힌 사람들의 후예들이라서인지 환한 것 시끄러운 것에 걸신들린 듯이 밤이 되면 살아나는 요즈음의 세상에 나는 어찌할 바를 모르며 오늘도 가로등 붉은빛이 흰히 비치는 방에서 잠 못 들고 뒤척인다.

아, 해 뜨면 깨고 해 지면 자자.

내 꿈은 늘 노란색이다

생각해보면 참 무던히도 헤매고 돌아다녔던 나는 지금 또 어딘가로 떠날 생각에 하루에도 몇번씩 보따리를 풀었다 싸고 풀었다 싸고는 한다. 물론 마음으로 그러는 것이지마는.

언젠가부터 빈 백지만 보면 거기에 그림을 그린다. 고대광실 같은 기와집을 그리기도 하고 작디작은 초가집을 그리기도 한다. 아무것도 없는 빈방에 내 옷 하나 달랑 걸어둔 벽을 그리기도 하고 찻잔 하나 얹어진 소반이 놓인 부엌을 그리기도 한다. 어떤 날은 하루 종일 머릿속으로 내가 살고 싶은 집을 지었다 허물고 지었다 허물고 하니, 세상에 나만큼 많이 집을 지었다 허문 사람도 아마 없으리라 싶다.

나의 부모는 살아 생전에 집다운 집을 가져보지 못하고 세상을 떠났다. 남의 집 단칸 셋방에 신접살림을 차렸고 신혼에 아버지는 군대를 가게 되었다. 혼자 남은 어머니는 남의 집 단칸 셋방에서 첫아이를 낳았다. 나 어렸을 때는 누에 키우는 창고를 개조한 집에서 살았다. 부

212

억이 없어서 한데다 아궁이를 만들어 천막을 둘렀다. 천막이 방문을 가로막아 방안은 낮에도 캄캄했다. 아버지는 젊은 시절 내내 대처로 떠돌았다. 농토가 없는 농군이 살 수 있는 유일한 길이었다. 6,70년대 산업화의 현장에는 어김없이 내 아버지가 있었다. 80년대 초에 아버지는 초로의 모습으로 고향에 돌아왔다. 그리고 이녁이 손수 집을 지었다. 이제야 겨우 집다운 집을 가져보는가 싶었다. 그러나 집이 완성되고 채 일년을 살지 못하고 우리집은 파산하고 말았다. 병든 소 사건으로 우리 가족에게는 더이상 온전한 집, 따뜻한 가정이 허락되지 않았다. 어머니는 세상을 떠나고 말았고 아버지는 병을 얻어 도시의 뒷골목을 헤매다 결국 88년도에 어머니의 뒤를 잇고 말았다.

나는 꿈을 꿔도 늘 집 짓는 꿈을 꾼다. 늘 똑같은 집이다. 노란 초가집이 바로 그것인데 어찌나 햇발이 잘 드는지 꿈을 꾸면서도 그렇게 즐거울 수가 없다. 하지만 꿈이란 늘 안타까운 것이다. 어머니 아버지가 노란 초가집, 햇빛 잘 드는 마루에서 오순도순 사시는 그 꿈은 꿈에서도 이루어지지 않는다.

이상하게 노란색에 집착을 하게 된다. 노란 초가집, 노란 장판의 방, 노란 황토마당, 노란 불빛. 노란색을 보면 느닷없이 집을 짓는 꿈을 꾸게 되고 눈물이 난다. 고등학교 때 자취방에 오르는 가파른 골목 양켠에는 작은 창문들이 골목으로 나 있었고 그 창문들마다에는 노란 불빛들이 새어나고는 했었다. 그 노란 불빛들은 세상의 추위에 지친 내 마음을 얼마나 따뜻이 어루만져주었던가.

많은 돈을 들이지 않고 노란 흙벽의 소박한 집을 짓고 싶은 내 꿈을 언제쯤 실현할 수 있을까. 작년에 나는 시골집을 한채 얻어서 일꾼을 불러 집수리를 하게 되었다. 흙일을 할 수 있냐는 내 물음에 일꾼은 그럴 수 있다고 아주 흔쾌히 대답했다. 아, 그러면 되었다고 계약금을 주고 알아서 흙일을 좀 해달라고 부탁하고 집수리를 맡겨놓았는데 일년이 지난 지금 내 집은 온통 '흙투성이 집'이 되고 말았다. 바람벽에 조금만 몸을 기대어도 벽지 속에서 바스스 흙이 쏟아져내린다. 그야말로 날림으로 일을 해놓은 데서 지금 그 사단이 난 것이다. 하기야 흙일을 토수가 아닌 시멘트 바르는 미장이가 해놓았으니 오죽하겠는가마는.

어쨌든 실패작이 된 헌집에서 나는 지금 살고 있다. 집은 마을의 한가운데 있다. 전형적인 우리나라 농촌마을이다. 알려드립니다, 알려드립니다, 하는 이장님의 말씀 중에는 누구누구네 집에 어젯밤 제사를 모셨으니 남녀노소를 불문하고 그 댁으로 오셔서 밥과 술을 자셔달라는 말씀이 자주 있다. 어제도 성주식이 있으니 남녀노소를 불문하고 오셔달라는 예의 그 소리를 듣고 면소재지에 나가 가루비누 큰 것 하나를 사들고 원동댁 아주머니의 새집으로 아이들을 데리고 갔다. 젊은 사람이 없는 마을이므로 내가 가면 늙으신 분들로부터 대대적인 환영을 받는다. 아랫목을 내어주시고 상도 다시 차려주시고, 이건 보통 황공한 노릇이 아닐 수 없다. 그러면서 하시는 말씀들이 한가지다. 젊은 사람이 이런 것도 사올 줄 알고…… 그냥 오면 어째서…… 젊은 사람이 어찌 그리 인사성도 좋은지…… 어찌 그리 부지런한지…… 선한 분들이 하는 칭찬이라 아무리 들어도 부담스럽지 않다.

새로 지은 집에서 맛있는 밥과 술을 양껏 얻어먹고 집구경을 해본다. 집은 붉은 벽돌집이다. 지붕은 시멘트가 편편히 발라진 소위 슬래브식이고 집 내부는 도시의 아파트 한채를 그대로 뚝 떼어다놓은 것 같은 구조다. 현관을 통해 들어서면 거실이 나오고 싱크대가 놓인 부엌이 있고 칸칸이 밀폐식 나무문으로 봉해져(?) 있는 방들이 세 칸이다. 그 문을 닫으면 거실이나 부엌에서 나는 소리가 잘 들리지도 않을 것 같다. 마당으로 나와보자, 시멘트인지 대리석인지 잘 분간이 안되는 튼튼한 뜰방 아래로 몇겹인지 헤아리지 못할 정도로 두껍게 시멘트를 퍼바른 마당이 있다. 동네 사람들은 밥을 먹고 나오며 한마디씩 한다. 어이, 원동양반 집 잘 지어부렀구만. 아조 깨깟해부러. 돈 3천이면 이렇게 좋은 것을 인제껏 참고 사니라고 욕봤네. 그런 의미에서 메구굿이나 한번 쳐보드라고. 붉은 이국풍 벽돌집의 성주식이 있던 날 차가운 콘크리트 발라진 마당에서 메구굿 소리는 그래도 신명나게 울려퍼진다. 아, 서글픈 메구굿 소리여.

지난여름 외출에서 돌아온 나는 우리집 마당을 보고 깜짝 놀라고 말았다. 온갖 잡초로 푸르던 우리집 마당이 그야말로 초토화되어 있었던 것이다. 이것이 뭔 일이다냐, 이것이 뭔 일이여, 하고 부들부들 떨리는 가슴을 겨우 진정시켜 마당을 들여다보니 그슬린 풀들이 온몸을 비틀며 죽어간 모습에 소름이 끼친다. 아니, 누가 이런 짓을!
속이 상해서 눈물까지 그렁그렁 나오려고 하는 찰나에 아랫집 아저씨가 우리집 대문을 들어서며 싱글벙글한다.
"어쩌요? 아짐씨. 깨깟허니 겁나게 좋지라."

"……예 겁나게 좋구만이라우."

울지도 웃지도 못할 그 순간의 내 표정을 본 것인지 안 본 것인지 아저씨는 한술 더 떠서 마당을 아예 깨끗하게 '쎄멘질'을 해버리라신다. 쎄멘질을 해붓쑈, 돈도 언마 안 든디 돈 애껐다가 뭣 할라요. 예, 해야지요, 곧 할랍니다.

나는 곧 할란다고 대답한다. 아니라고, 무슨 세멘질이냐고 했다가는 또 왜 그 좋은 세멘질을 안하느냐, 세멘질한 마당이 얼마나 깨끗하고 좋은 줄 아느냐는 길디긴 세멘 마당 예찬론을 들어야 하겠기 때문이다.

안개 자욱한 이른 아침에 굵은 싸리비 힘차게 쥐고서 노란 마당을 정결히 쓸어내고 싶은 꿈을 나는 이제 포기해야만 하는가. 지붕골을 타고 흘러내리는 낙숫물 소리에 잠 못 이루고 가슴 설레는 밤을 나는 이제 영영 잃어버려야 하나. 잃어버려도 좋은 것인가. 그런 꿈, 그런 밤일랑 아무짝에도 쓸모없단 말인가. 그리하여 필요한 것은 편하고 깨끗한 것, 오직 그것뿐이란 말인가.

나는 지금도 꿈을 꾼다. 꿈을 꾸면 늘 한가지 꿈이다. 노란 초가집, 노란 햇발, 노란 흙벽, 노란 마당…… 내 꿈은 늘 노란색이다.

가장인 여성으로서의 글쓰기

나는 딸만 셋인 집안의 둘째였다. 아버지는 키는 좀 작지만 외모가 준수했고 어머니는 동그란 얼굴에 엷은 쌍꺼풀을 지니고 목소리의 톤은 조금 넓고 높았다. 언니와 동생은 딸만 셋인 집안의 딸들답지 않게 아버지에 대하여 갖는 감정이 그저 평이하였다. 내 경우는 그들과 좀 달랐던 것 같다. 나는 뭐든지 아버지에게 잘 보이기 위해 일하고 공부하고 노래했다. 그러나 내가 잘 보이고 싶었던 아버지는 우리 곁에 산 햇수가 그리 많지 않았다.

남편 없이 사는 어머니는 끊임없이 신세타령을 하였다. 전라도 여인네였는데도 어머니는 신세타령을 할 적에 육자배기조가 아닌 정선아라리조로 하였다. 그것도 기가 막히게 했다. 듣는 사람으로 하여금 억장이 무너지게 한숨이 뽑아올려지게 하며. 어머니가 지어주신 밥은 눈물로 지은 밥이었다. 아침에 눈을 뜨면 어머니의 정선아라리조의 신세타령부터 들어야 했다. 어머니는 혼자 있을 때는 그토록 처연한 노랫가락을 읊조리다가도 누군가 오면 소리를 딱 멈추고 전혀 다른 얼굴을 하였다. 그럴 때 어머니는 넓은 앞치마로 얼굴을 몇번 박박 문지르는 것이었다.

그러나 어머니의 지겨운 신세타령도 내가 국민학교 삼학년이던 무렵부터는 듣지 못하고 말았다. 어머니는 늘상 아파 드러누웠다. 더이상 노래도 부르지 않았다. 울지도 않았다. 대신 드러누운 자리에서 악만 썼다. 나는 그런 어머니를 싫어했다. 그리고 아버지를 동경했다. 아버지가 있는 곳, 아버지가 사는 도시를 끝없이, 끝없이 눈에 그렸다. 어머니는 정말로 몸이 아파 그랬는지, 아니면 만사가 귀찮아서 그랬는지 늘상 누워 있었다.

어쩌다 아침에 눈을 떴을 때 어머니가 자리에 누워 있지 않고 부엌에서 아침 짓는 소리가 들릴 때면 너무도 행복했다. 비록 반찬이 없어도, 아침 땟거리가 없어 개떡만 구워내도 어머니가 만든 음식은 맛있었다. 실제로 맛은 별것 아니었는데도 나는 맛있다고 느꼈다. 그런 날은 학교에 가서도 기분이 마냥 가볍고 상쾌하였다. 해서 하교길에서도 제발 우리 어머니가 오늘 저녁밥도 지어주시기를 간절히 바라며 집으로 왔다. 하나 그것은 기대뿐 어머니는 불도 켜지 않고, 해가 넘어갔는지도 모르고 잠만 잤다. 서러웠다. 뭐라고 표현하기 힘든 암담하고 막막한 심정으로 컴컴한 부엌으로 갔다. 거기에 아침에 먹은 밥상이 치워지지 않은 채 그대로 놓여 있었다.

생각하면 낭만과 우수와 쓸쓸함과 화려함이 있는 곳, 먼 곳, 도시. 꿈이 있는 곳 도시. 나는 그렇게 도시만 그리며 촌에서의 삶을 인내했다. 친구도 없었다. 어쩐 일인지 친구들은 나를 소외시켰다. 늘 혼자였다. 성격이 무난한 언니 동생하고도 잘 어울리지 못했다. 성질은 대꼬챙이처럼 날카로워서 싸움질은 잘했다. 언니하고 한번 붙으면 언니 머리카락이고 옷이고 남아나지 않았다. 못된 계집애였다. 얼굴엔 손톱 자국이 가시지 않았다. 사나움이 흘러넘쳤다. 그런 얼굴에 눈만 살아서 빤들거렸다. 어머니 말도 잘 듣지 않았다. 일찍이 일고여덟살 시절부터 익혀온 반항적인 기질이 내 피에 흘렀다. 아버지만 동경했다. 아버지로 대변되는 남성성이 그리웠다.

일가 친척들은 쓸모없는 가시내만 낳아놨다고 어머니를 구박했다. 그런 어머니에 대한 구박을 나는 참을 수 없었다. 그러나 어른인 일가 친척들과 대적할 수는 없었다. 그러기에 나는 너무 어렸다. 힘이 없었다. 그 시절 내게 자폐증세가 있었다. 명절 때 큰집에 가는 것도 싫었다. 그래서 늘 혼자 놀았다. 명절 때 아무것도 먹지 않고 탈탈 굶은 속으로 지내기도 했다. 어머니와 형제들은 모두모두 큰집으로 가고, 가서는 큰집의 논문서 팔아먹은 울아버지의 죄갚음을 하느라고 천덕꾸러기 신세들이 되어 있을 것이었다. 그것은 보지 않아도 눈에 선했다. 호랑이 같은 고모할머니는 울어머니가 상 앞에서 밥 먹는 꼴을 보지 못할 것이고 큰어머니는 큰어머니대로 큰동서 노릇에 아들 낳은 위세로 어머니를 주눅들게 할 것이었다. 성격이 모나지 않고 그저 둥글둥글한 울언니, 내 동생은 또 가시내라는 이유 하나만으로 큰집 오빠들이 먹고 물린 상 끄트머리에 그나마 감지덕지하여 쭈뼛거리며 앉아 있을 거였다. 나는 그런 명절날, 큰집에 가지 않는 것으로 내 나름대로의 자존심을 지켰다. 아들 없는 집안에 딸로 태어난 것이 원수였다. 딸이라는 자체가 죄인이었다. 명절날, 큰집에서 차례를 지내므로 어머니는 며칠 전부터 큰집 부엌데기 노릇으로 허리가 휠 지경이었다. 그래도 어머니는 남편이 큰집 논문서를 가지고 도시로 나가버렸기 때문에 그 모든 힘든 일들을 말없이 감내하였다.

우리집엔 먹을 것이 없었다. 모든 먹을 것들은 큰집에 있었다. 먹을 것이 없이 텅텅 빈 집에 남아 나는 찬 고구마를 겨울 토끼처럼 우둑우둑 씹었다. 고구마처럼 단단한 결심도 같이 씹었다. 그러면서도 명절에도 오지 않는 아버지를 그렸다. 그 모순이라니. 여자여서 당해야 하는 수모를 고구마 씹듯 우둑우둑 씹으며 남성인 아버지를 그리다니. 겨울 토끼처럼 공복에 고구마를 씹어먹으며 나는 신문을 읽었다. 왜냐하면 읽을 만한 활자매체가 집에는 없었기 때문이다. 지식에 대한 욕구는 끓어넘쳤다. 딸 셋만 낳아났다고 구박받는 어머니의 설움도 내가 내 머릿속에 지식을 잔뜩 집어넣어 그 힘으로 출세를 하면 풀어질 수 있을 거라 믿었다. 나는 그 시절 모든 것을 알고 싶었다. 글자로 씌어진 것은 모두가 내게 절대 선이었다. 내가 이루고자 하는 것은 모두 책에 있었다. 책 속에 지식이 있었고 지식이 있어야만 딸이라고 천대받지 않을 수 있었다. 나는 그것을 굳게 믿었다.

그러나 지식을 쌓을 만한 책이 없었다. 겨우 있다는 책은 아버지가 도시에서 어쩌다 집에 올 때 사가지고 온 '절망은 없다'라는 제목의 책이 전부였다. 영훈이라는 청년이 있었는데 부모는 모두 돌아가시고 동생과 서울의 밤거리를 헤매며 먹을 것을 찾아 쓰레기통 속의 음식을 주워먹고 살았지만 지금은 어엿하게 성장하여…… 투의 얘기들이었다. 어머니는 그 이야기를 종이가 닳고 닳도록 읽었다. 타령조로 읽으며 읽을 때마다 콧물과 눈물을 쏟아내곤 했다. 그러나 그것이 지식이 될 리 만무했다. 나는 그것을 알고 있었다. 그래서 누에 칠 때 채반 밑에 깔 요량으로 모아둔 지나간 신문들을 일일이 훑었다. 한문투성 이의 문장도 요량껏 해독해가며 읽었다. 연재소설도 읽었다. 야한 장면이 나오면 기분이 좀 이상해지기도 했다. 그때 내 나이 열두살 무렵이었다.

책에 목말라하던 차, 언니가 중학생이 되었다. 언니는 교복과 교과서를 끔찍하게 아꼈다. 평소에는 마음씨가 더할 나위 없이 착했지만 내가 책을 만지거나(나는 언니의 중학교 국어책을 읽는 것이 말할 수 없이 재미있었다) 교복을 한번 입어보면 펄펄 뛰었다. 이상한 집착이었다. 그래서 언니 몰래 중학교 국어책을 숨겨가며 읽었다. 어디서 구해왔는지는 모르지만 언니가 구해온 박계형의 '벌레먹은 장미'도 이불 속에서 탐독했다. 물론 언니 몰래였다. 언니는 그 소설책을 읽지도 않고 주인에게 돌려주어버렸다. 언니는 그렇게 읽지도 않을 책을 종종 빌려왔다. 나는 귀한 독서 체험을 가질 수 있어서 좋았지만 언니가 빌려오는 책들이 성인용, 유아용, 청소년용, 노인용을 가리지 않아서 문제였다. 하지만 무엇이든 나는 가릴 처지가 못 되었다. 아무거나 우선 닥치는 대로 읽고 보는 것이 나에게는 수였다. 언니가 또 언제 빌려온 책을 읽지도 않고 읽은 척하며 주인에게 돌려줘버릴지 알 수 없는 노릇이었으므로.

신문 연재소설 '휴가받은 여자'와 '저 바다 끓며 넘치며'를 기억한다. 중학교에 가기 전에 언니 교과서를 훔쳐서 본 「소나기」「요람기」 등도 잊을 수 없다. 그러면서 나는 글을 쓰고 싶어했다. 학교에서 반공글짓기대회가 열리면 되는 대로 문장을 만들어내어 장원을 했다. 선생님은 나에게 장래희망이 뭐냐고 물었다.

"저는 이 다음에 그 이름 영원이 빛나는 문장가가 되겠습니다아."

작가나 소설가나 시인이라는 호칭을 나는 아직 몰랐다. 무엇인가를 밤낮으로 끄적여쌓는 나를 보고 어머니가 "이 다음에 문장가가 될랑가, 어쩔랑가" 해서 나는 글쓰는 직업의 이름이 문장가인 줄로만 알았다.

나의 유년은 그랬다. 그런 속에서 나는 중학교를 졸업하고 드디어 꿈에 그리던 도시로 고등학교 유학을 떠나오게 되었다. 시골에서의 15년간 나는 군내에서 주최하는 모든 반공 글짓기대회 무슨무슨 백일장 등에 빠짐없이 출전하여 우승하였다. 그래서 상품으로 탄 공책이며 연필 따위가 집안에 수북하였다. 나는 영악한 문장가가 되어 있었다. 그야말로 글짓기 선수가 되어 있었다. 문장을 솔직하게 쓰지 않고 어떻게든지 잘 꾸미는 데 선수가 되었던 것이다.

이런 어처구니없는 글짓기 훈련 때문에 나는 내 감정을 솔직히 표현해야 하는 글쓰기 본연의 목적과는 거리가 먼 성격이 되어갔다. 그것은 현실에 그대로 적용되었다. 자신의 감정을 솔직히 표현 못하는 훈련만 쌓아온 이유로 나는 도시에서의 고등학교 시절 내내 한편의 글도 쓰지 못했다. 시골에서 올라온 촌뜨기로 고등학교 삼년을 보냈다. 도시에서의 생활이란 끝없는 욕구불만의 세월이었다.

내가 고등학교 시절을 도시에서 보내고 있는 사이 시골집은 완전히 망해가고 있었다. 고등학교를 졸업할 무렵 가세는 완전히 기울어지고 어머니는 돌아가셨다. 오랜 세월 딸만 낳은 죄인으로 한스럽게 살다 어머니는 돌아가셨다. 어머니가 돌아가시자 한 가정이 자연적으로 소멸되었다. 세 딸은 도시에서 자취를 했다. 그후 아버지는 도시에서 벌이던 사업에서 실패를 거듭하고 이제 우리 형제는 오갈 데가 없게 되고 말았다. 내 나이, 스무살 시절이었다. 내가 바람 찬 80년대의 대학에 갓 입학했을 무렵이었다.

그 시절을 나는 아직도 말할 수 없다. 어떻게 설명되지 않는다. 세상에 대해 아무것도 몰랐던 시절이었다. 세상에 대해 아무것도 모르는 상태에서 어머니는 돌아가시고 아버지는 사업에 실패하여 도피자가되었고 우리 세 딸은 자취방에서조차 쫓겨나오는 신세가 되고 말았다. 우리는 각자 살길을 찾아 흩어지지 않을 수 없었다. 각자 책가방과 옷가방 하나씩을 들고서, 그렇게 각자의 살길을 찾아 언니와 나는 결혼을 하고 동생은 결혼한 큰언니를 따라갔다. 나의 결혼은 이렇게 시작되었다.

그사이에 '광주'라는 엄청난 사건이 있었다. 나는 광주라는 사건과일정 부분 연관을 가진 사람과 결혼했고 두 딸을 낳았다. 그리고 나는이혼했다. 나는 아직도 말할 수 없다, 나의 결혼과 나의 이혼의 내력에대하여. 결혼과 이혼에 얽힌 그 모든 사연들을 아무렇지 않게 후후 내뱉어버릴 수 있을 만큼의 가벼운 마음이 아직 내게 없다.

이혼을 했고 나는 두 딸을 키우는 어머니가 되어 있다. 둘째아이가태어난 날은 햇살이 유난히 밝고 다사로운 사월 초였다. 아이는 봄 햇살처럼 방긋방긋 웃었다. 그런 아이가 예뻤다. 뭔가 일을 하고 싶었다. 글짓기 선수로서가 아닌 진짜 무엇인가 글을 쓰고 싶다는 강한 욕구가일었다. 그날, 갓 태어난 아기를 안고 문 밖에 일렁이는 봄 햇살을 바라보며 그런 생각을 하였다. 그래, 글쓰는 사람이 되어야지. 글을 쓰자.

내가 시골 살 때 막연히 동경하던 도시에서 결혼하고 이혼하고 아이 낯은 여자가 된 나는 이제 시골집을 그리워하고 있었다. 꿈과 낭만으로 가득 차 있으리라던 도시에 나와 살며 나는 시골이야말로 꿈과 낭만의 보고라는 사실을 깨달아갔다. 두 딸과의 생활을 이끌어가며 그 생각은 내내 사라지지 않았다. 언젠가는 두 아이를 데리고 시골에 가 살아야지, 우리 어머니처럼 살아야지. 그러고보니 내가 꼭 울어머니 팔자가 되어 있지 않은가. 평생 남편하고는 아이만 낳았지 행복하게 살아보지도 못하고 세상을 떠난 어머니처럼 바로 내가 그렇게 되어 있다. 여자들만으로 이루어진 가정, 그것이 의미하는 바는 어머니가 가장이 된다는 뜻이다. 가장, 나는 그 말에서 풍기는 이미지를 내 것으로 하고자 했다. 여성성 속에 들어 있는 창조력, 남성이 해야 할 일이라고 여겨지는 여러가지 일들을 이제 여성만으로 이루어진 가정에서는 그 어머니가 해내야 하는 것이다. 나는 그런 가장으로서의 어머니 역할에 지극히 만족했다. 그것은 내 글쓰기의 영역에도 일정하게 영향을 끼쳤고 앞으로도 그러하리라는 예감이 든다.

아주 먼 유년 시절, 딸이라는 이유만으로 천시되고 죄인처럼 취급되던 한맺힌 기억이 이제 나에게는 오히려 내가 어떻게 살아가야 할 것인지에 대한 길잡이 구실을 해주고 있다. 생각해보면 내 문학의 모티프는 그런 소외되고 유폐되었던 쓸쓸한 유년의 추억들이 아닌가 여겨진다. 그리고 두 딸이야말로 내 좋은 친구요 문학의 원동력이 되고 있음은 두말할 나위 없다. 농사를 짓듯이 아이를 키우고 싶고 생명을 키우듯이 글을 쓰고 싶다. 그것은 나의 간절한 소망이다. 내 삶과 내 글의 지향점이다.

영혼을 키우는 작가의 방

나는 가끔 이런 생각을 하고는 한다. 한 작가가 탄생하기까지에는 얼마나 많은 자기만의 방이 필요한 것이냐는. 이것은 저 버지니아 울프가 말하는 바, 다분히 여성주의적인 관점에서 하는 소리가 아니라 오히려 그 반대라면 반대적인 관점에서 하는 생각이다. 나만의 공간을 확보한다는 개념이 아니라, 어쩔 수 없이 떠밀려서 맨 마지막으로 내게 돌아온 공간쯤이라고나 할까. 아무도 거들떠보지 않으니, 결국 내 차지가 되고 만, 모든 편안하고 안락한 공간은 다 다른 사람의 차지가 되고 오갈 데가 없게 된 내가 기어든 곳, 전투적으로 눈에 불을 쓰고 확보한 공간이 아니라 내 마음의 안식처 찾아 떠돌다 우연히 몸 부린 곳, 그런 곳, 하지만 내게는 가장 정다운 곳, 그곳.

'그곳'에 대해서 이야기하고 싶다. 그리고 모든 작가들은 결국 '그곳'에 살고 있는 사람들이 아닌지, 얼마간 유폐되고 고립되고 아무도 들여다보지 않는 습기차고 어두운 방에 살았었고 혹은 살고 있는 사람들이 아닌지. 하지만 또 그곳이야말로 한 사람의 작가를 길러내거나, 한 사람의 작가에게 더할 수 없는 창조의 곳간이 되어주고 있음을 환기한다. 다락방에의 추억을 간직하고 있는 사람은 충분히 작가일 수 있다. 외양간 옆 예전에 머슴이 살고 나간 방, 소도 키우지 않고 머슴도 가고 없는 그 방은 후미지고 어둡고 춥다. 그 방에서의 한 세월을 난 어린 영혼은 그 방의 어둠과 냄새 따위들을 숙주 삼아 빛나는 비상을 꿈꾸었을지도 모를 일이다.

밝고 환한 방은 결코 작가를 키워내지는 못한다. 달리 말하면 작가는 밝고 환한 방에 들어가서는 안된다. 소외와 억압과 슬픔이 있는 이 세상의 모든 후미진 방, 세상의 오지가 작가에게 적합한 방이고, 작가는 그곳에 가야 한다.

졸작 「피어라 수선화」에서의 화자는 변소 안 시렁 위로 쫓겨들어가 다시피 몸을 숨겨야 했다. 바로 그날, 그때, 그가 그곳 변소, 퀴퀴하고 어두운 그곳에 앉아 있지 않았더라면 그는 이 세상의 온갖 비밀, 혹은 우리 인생에서 말하여지고 있는 많은 것들에 대하여 깨달을 수 있는 기회를 영영 놓쳐버렸을지도 모를 일이다. 그리고 무엇보다 중요한 장면, 한 생명이 또 하나의 생명을 탄생시키는 곳은, 닭이 달걀을 낳는 곳이 어둡고 퀴퀴한 변소간 시렁 위였던 것처럼, 그처럼 어둡고 습한 후미진 곳이라는 사실을 영영 알지 못하고 한 세상을 살아버렸을지도 모를 일이다.

모르고 살았다 한들 무슨 상관이냐고 누군가 눈을 부릅뜨고 따지고 든다면 나도 입을 꾹 다물 수밖에 없는 일이지만 그래도 그렇게는 살지 말아야 하지 않겠느냐는 가슴속 항변의 소리는 늘 준비되어 있는 바이다.

세상의 어두운 방, 습한 방, 그러나 그곳이야말로 모든 빛나는 영혼을 키울 수 있는 방, 한 사람의 위대한 작가를 능히 키워낼 수 있는 그 작은 방, 작가는 그 방으로 가는 것을 마다하지 말아야 한다, 작가라면. 그리고 지금도 거칠고 불편한 그 방을 마다하지 않고 기꺼이 간 우리 시대의 작가들이 있다. 우리는 그들을 잊지 말아야 한다. 우리가 아직 '희망'에 대하여 말할 수 있는 것은 바로 그들이 있으므로 가능한 일이다.

작가는 바보다

무례한 사람이 있었다. 그것은 실로 폭력이었다.

독자가 내 집에 찾아왔다. 마을 노인이 그가 타고 온 택시에 합승해와서 내 집으로 그 여잘 안내했다. 시골 노인들은 누구에게나 친절하므로 노인을 타박하진 않았다. 예고도 없이 누군가가 찾아오는 것이 폭력적으로 느껴졌다. 찾아온 사람 상대하다보면 내 시간에 차질이 빚어진다. 도시에서 온 독자는 얼굴화장이 짙었다. 화장내를 싫어하는 나는 독자가 거북했다. 독자는 말이 많았다. 첫번째로 짙은 화장 냄새가 싫었고 두번째로는 말 많은 것이 싫었다. 머리가 아파오기 시작했다. 독자는 자신의 이름을 밝히지 않았다. 그것이 또 은근한 폭력으로 느껴졌다. 그래도 내 집을 찾아온 손님이니, 손님이 오면 늘 허둥허둥하기 마련인 내 식대로 허둥허둥 차를 내왔다. 손님 혼자만 마시게 할 수가 없어서 같이 마셨다. 이야기를 하는데 은근히 돈자랑을 했다. 비위가 틀어졌지만 이내 접어두었다. 손님이 왔으니 글은 쓸 수 없고 간단한 일을 하면서 이야기를 들어주자, 싶어 세탁기에서 진작 세탁이 끝났는데도 글쓸 욕심에 미뤄둔 세탁물을 한아름 안아다가 빨래를 널기 시작했다. 마당에다 대나무로 장대를 세워 만든 빨랫줄이 도시에서 온 그에게는 퍽 낭만적으로 보였겠지만 뙤약볕 아래서 빨래를 너는 나는 고역이었다. 그래도 그는 마루에서 일어나 같이 널어줄 생각은 하지 않았다. 빨래를 다 널고 밭으로 가서 김을 맸다. 김을 매면서는 누군가의 이야기를 들어주기가 더 수월할 것 같아서. 그는 여전히 알맹이 없는 이야기를 늘어놓고 있었다. 그것은 말하자면 도시 아낙들이 시장 가는 길목이나, 아니면 목욕탕 안에서 흔히 나눌 수 있는 그런 이야기였다. 그리고 그의 무례가 절정에 이른 때가 왔다.

찬거리를 하려고 배추, 무 등속의 야채를 뽑다가 조금 뽑아 가시라고 이른 내가 잘못이었다. 나도 아까워 조금씩만 뽑아먹는 야채들을 욕심껏 뽑아놓고 그는 내게 싸가지고 갈 봉투를 요구했다. 나는 그가 뽑아놓은 야채들을 아무 말 없이 비닐봉투에 담아주었다. 그런 다음에 그가 요구하는 대로 버스정류장까지 내 작은 차로 태워다주었다. 그가 의심에 가득 찬 눈길로 야채들을 가리키며 농약 치지 않은 것이냐고 물었다. 나는 당연히 농약 치지 않은 것이라고 말했다. 그러고 나니까 나는 내가 작가가 아니라 농부 같아졌다. 여자는 독자가 아니라 무공해 농산물을 사러 온 도시 사모님이 되었다. 그녀가 다시 물었다. 진짜죠? 그 순간, 나는 비위가 틀어지면서 나도 모르게 외쳤다. 농약 쳤어요, 어제. 그것도 듬뿍 쳤어요. 여자가 내가 애써 싼 야채들을 버스정류장 마당에 내동댕이쳤다. 그리고 여자가 탄 차는 떠났다. 나는 여자가 동댕이친 야채들을 그러모았다. 하도 야무지게 동댕이쳐서 그것들은 먹을 수가 없이 되게 있었다.

　남편은 이제 다시는 독자라는 사람을 집안에 들이지 말라고 했다. 나는 말했다. 아니야, 농약 쳤단 소리만 안했으면 됐는데. 이제는 절대로 그러지 말아야지. 남편은 말했다. 그러니 바보 소리를 듣지. 작가는 바보다.